U0140085

詩集

宮澤賢治

不要輸給風雨

宮澤賢治——著　　顧錦芬——編譯

宮澤賢治。
攝於1924年28歲出版《春天與修羅》時期，攝於花卷的照相館。
圖片提供：林風舍

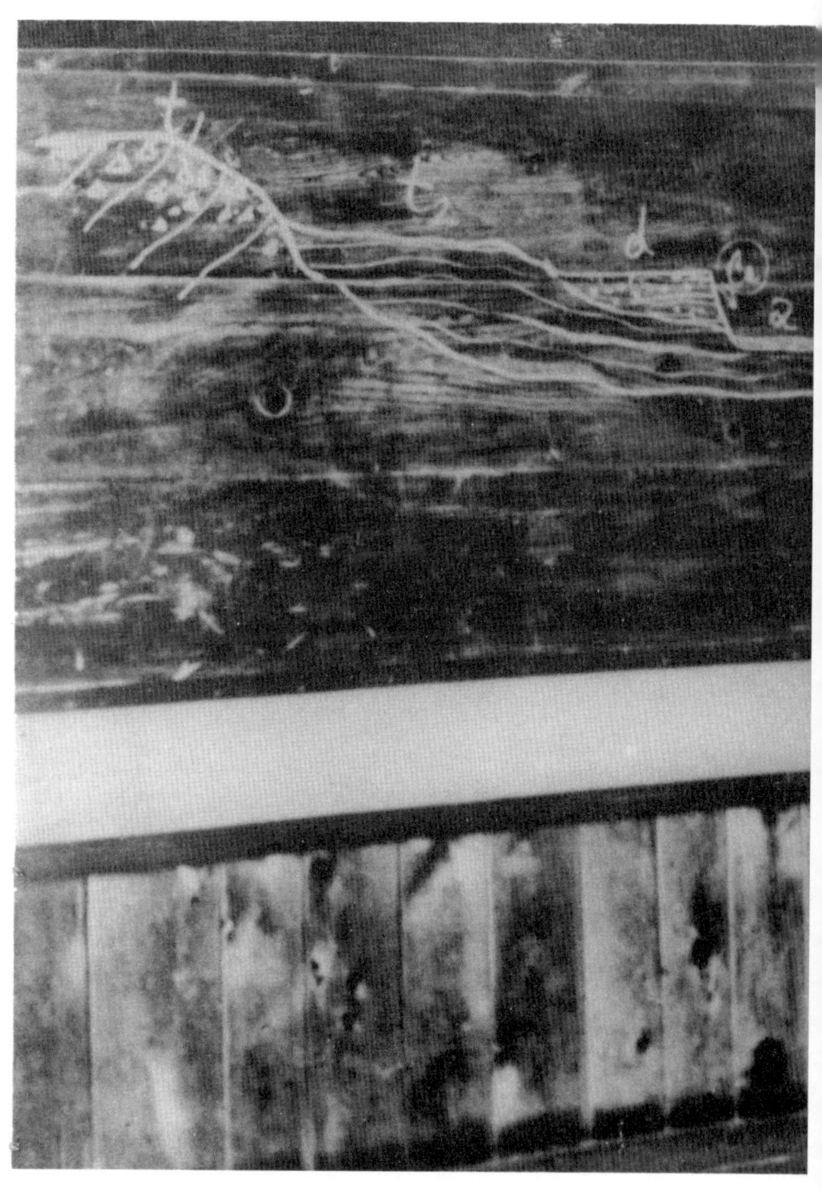

宮澤賢治。
攝於 1925 年 29 歲，在花卷農學校的教室教授地質學。
圖片提供：林風舍

宮澤賢治。
攝於 1926 年 30 歲，在花卷農學校附近。
這張照片是在模仿他所喜愛的貝多芬。
圖片提供：林風舍

宮澤賢治的妹妹敏子。
借穿母親的和服攝於花卷。這張照片用於日本女子大學的畢業紀念冊。
圖片提供：林風舍

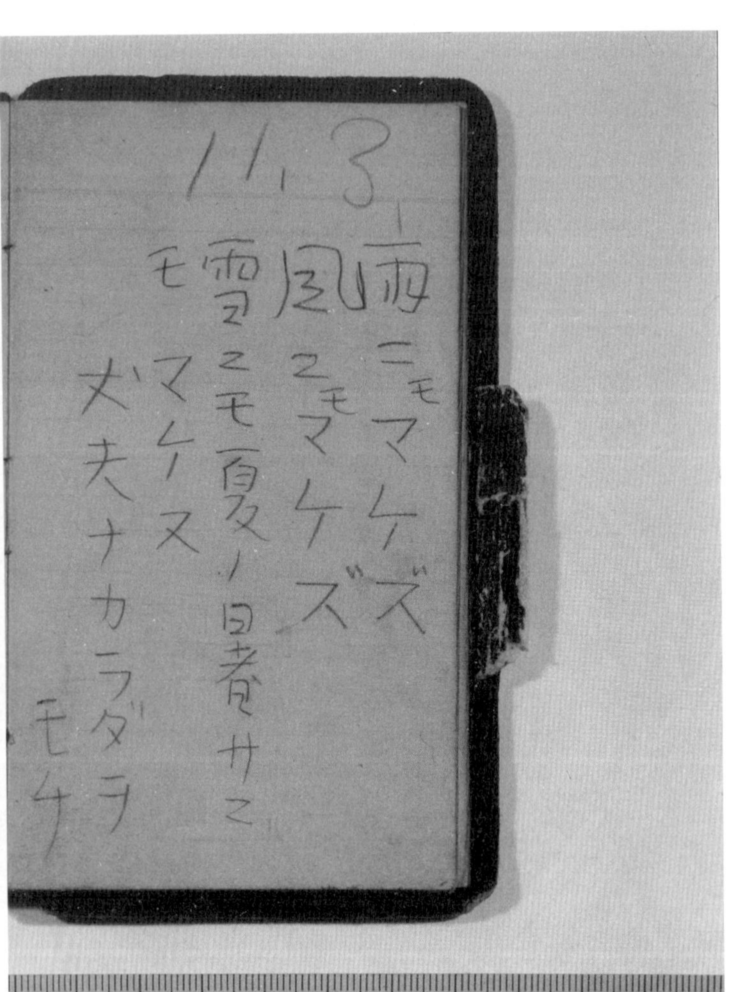
11.3.
雨ニモマケズ
風ニモマケズ
雪ニモ夏ノ暑サニモマケヌ
丈夫ナカラダヲモチ
10頁)
〃 手帳
①

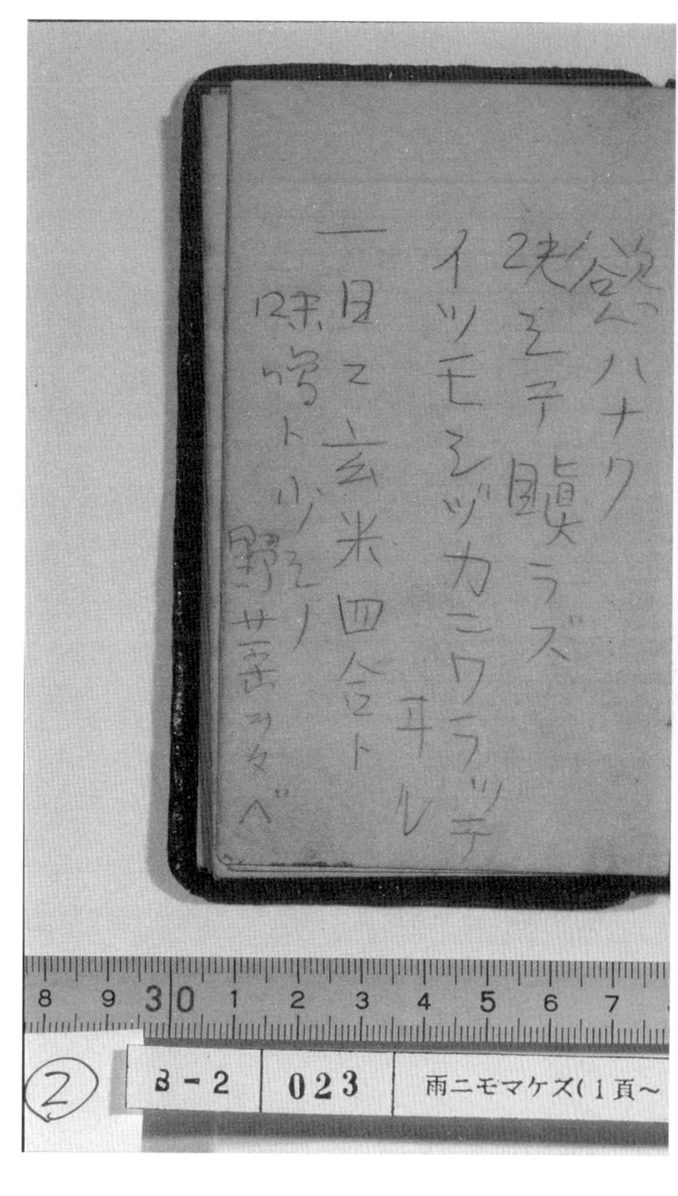

「不輸給雨」原稿的前兩頁。
宮澤賢治去世前兩年寫於私人手札上，生前無意發表。
圖片提供：林風舍

目次

2 《春天與修羅》第二集 173

【再版序】

——顧錦芬

台灣多年來陸續出版宮澤賢治的童話中譯本，許多人或許知道他是童話作家，卻不一定知道他也是詩人，他的詩在日本不僅被廣泛閱讀，也如童話一般，長年來在文學研究領域持續被深入探討，這兩種文類都是他的心象素描，同樣值得一讀。

二〇一五年有機緣編譯本書時，由於他的詩蘊含深邃的思想、廣博的知識背景，一來不知凡庸如我能否妥善傳達原意，二來無法揣測華語圈讀者對賢治詩的接受度，只有以誠惶誠恐的心情竭盡全力完成，所幸託讀者之福，初版接近六刷，並於二〇一七年開始在中國大陸發行簡體字版。

初版的翻譯力求忠實，偏向直譯，方便讀者對照原文閱讀，像是開闢建造一座詩的新花園，此番再版則進一步修飾這座既有的花園，一首一首重新檢視與潤飾，使譯文能讓華語圈讀者更易理解，惟每當查遍字典與資料，仍苦思不得妙譯之時，必回到原詩凝神思索，畢竟那才是本書靈魂之所在。

二〇一五年完成本書之後，我以宮澤賢治生前出版的詩集《春天與修羅》的〈序〉、主題詩〈春天與修羅〉以及成為〈銀河鐵道之夜〉原點之一的〈青森輓歌〉等三首詩為主題，各發表一篇期刊論文，藉由撰寫論文進一步理解賢治詩，即使如此，此番重新閱讀初版翻譯時，仍然發現當時沒有交代清楚而自己也無從瞭解之處，例如修訂寫於十二月的〈冬天與銀河車站〉時，想要確認花卷十二月的氣象；不知道〈從遼楊樹下〉之中所謂「L字形的房屋」究竟是什麼，凡遇上此類問題，就寫信求教於宮澤賢治學會代表理事大澤正善教授，大澤教授是日本重要的宮澤賢治研究者，也是我東北大學的學長，初版時已受教許多，此次再版仍耐心且周詳地一一回覆，在此謹致謝忱。

當然記錄於初版序之中，創造本書誕生機緣的商周出版以及所有協助過我，為本書奉獻過心力的師長、朋友，對他們的感謝之心也從不曾改變。驅策我們的動力是想讓更多人讀到賢治詩的心意，而這些心意無形中匯聚成一份誠摯的邀請，邀請讀者踏入我們佈置好的這座芬芳馥郁且繽紛如夢的賢治詩花園。

二〇二四年十一月　於臺北

【推薦序】讀顧錦芬女士譯《不要輸給風雨：宮澤賢治詩集》有感

——佐藤伸宏

宮澤賢治的詩與童話，迄今已被大量翻譯為各國語言，突破國家、語言圈、文化圈之藩籬而廣泛被閱讀與品味。宮澤賢治的文學可說是已廣獲世界各地讀者典型的「世界文學」之一。但是，就華語圈的現況而言，姑且不論賢治童話，賢治的詩尚未曾被完整而充分地翻譯出來。這本含納了賢治生前出版的詩集《春天與修羅》大部分作品的翻譯選集：《不要輸給風雨：宮澤賢治詩集》，正是在如此狀況下出版，無庸贅言，具有對華語圈讀者首次介紹賢治詩之全貌極為重要的意義。譯者顧錦芬女士不但是以宮澤賢治童話之研究為中心的日本兒童文學研究者，在位於日本宮城縣的東北大學研究之期間，數度親訪賢治故鄉鄰縣（岩手縣）的花卷，也熟知形成賢治文學的背景、土壤的自然與風土。本人對於出自如此最佳譯者之手的書之付梓感到由衷的喜悅。

另外，眾所周知，有關詩的不可譯性迄今已有為數頗多的探討與論述。詩確實是一種在語言內部扎根最為深入的表現，要在不同的語言裡找出包含該語彙的言外之意以及所有音韻、韻律之價值的等值語是極為困難的。特別是宮澤賢治的詩充滿了破格的表現、奇特的比喻、特異的擬聲擬態語，要以外文呈現賢治詩的原貌，將原詩完全地忠實譯出幾乎是不可能的。因此，面對著翻譯之不可能性而為的詩的翻譯，無論如何都不會是原詩的完全的等值語，而是做為原詩的另一個「版本」(version)而成立的。就詩的翻譯而言，所謂唯一的絕對正確的翻譯並不存在。正因如此，同一首詩被嘗試多次重新翻譯，複數的翻譯的存在，亦即原詩的諸多不同「版本」的存在是值得期待的。從那樣的意義來看，這本由顧錦芬女士翻譯的詩選集：《不要輸給風雨：宮澤賢治詩集》不但是基於原詩的正當詮釋，以及各種翻譯方法的創意巧思極為周延而充實的成果，同時更是今後應該不斷被層層累積下去的賢治詩翻譯最寶貴的起點。所謂「世界文學」乃是會透過翻譯而增加其價值的作品[1]，作為「世界文學」的賢治詩融入華語圈的歷史，正是從本書開始。

本文作者為日本東北大學文學研究科國文學研究室 教授

（翻譯 顧錦芬）

1 David Damrosch, *What is World Literature?*. (Princeton University Press, 2003)

顧錦芬氏訳『宮沢賢治詩集』に寄せて

――佐藤　伸宏

宮沢賢治の詩と童話は、現在に至るまで様々の外国語によって夥しい数の翻訳がなされ、国や言語圏・文化圏の壁を越えて広範に享受されている。宮沢賢治の文学は、そのように世界の各地で読者を獲得している典型的な〈世界文学〉の一つであると言ってよい。しかしながら中国語圏においては、童話は別として、賢治の詩の翻訳は未だまとまった形では十分に行われてきてはいないのが現状であった。そのような状況の中で出版されたのがこの『宮沢賢治詩集』であり、本書が、賢治の生前に刊行された詩集『春と修羅』所収の殆どの作品を含む翻訳アンソロジーとして、中国語圏の読者に対して賢治詩の全体像を初めて紹介するという極めて重要な意義を有していることは言うまでもない。翻訳者の顧錦芬氏は、宮沢賢治の童話を中心とする日本児童文学の研究者であり、また日本の宮城県に位置する東北大学で研究に従事する中で、賢治の故郷である隣県の岩手県花巻に幾度も足を運び、賢治文学の背景、土壌をなす自然や風土を熟知してもいる。そのような最良の翻訳者の手になる本書の上梓を、心から喜びたいと思う。

ところで詩の翻訳の不可能性に関して、これまで数多くの議論が重ねられてきたことは周知のとおりである。確かに詩は、一つの言語の内部に最も深く根を下ろした表現として、その語彙の言外の含みや音韻的・韻律的価値の全てを含んだ等価物を異なる言語のうちに見出すことは極度に困難なことと言わざるを得ないだろう。とりわけ破格の表現や奇抜な比喩、特異な擬音語・擬態語に満ちた宮沢賢治の詩を外国語によってそのまま再現すること、原詩を完全な忠実さにおいて訳出することは殆ど不可能と言う他はない。そのような翻訳不可能性の問題に直面しつつなされる詩の翻訳は、従って常にいかなる場合でも原詩の完全な等価物としてではなく、むしろ原詩の言わば一つの〈異文〉(version)として成立することになる。詩の翻訳においては、唯一の絶対に正しい翻訳というものは存在しないと言わなければならない。そしてそれ故にこそ、一篇の詩について幾度も新たな翻訳の試みが重ねられ、複数の翻訳、すなわち原詩の幾つもの〈異文〉が存在することが望ましいことなのである。その意味で、この顧錦芬氏による翻訳選詩集『宮沢賢治詩集』は、それ自体が原詩の正当な解釈と様々の訳出方法上の創意工夫に基づく極めて周到で充実した成果であると同時に、これから更に幾度も重ねられていくべき賢治詩の翻訳のこの上なく貴重な起点となるものに他ならない。〈世界文学〉とは、翻訳を通じて価値を増すような作品であるとされる（注）。中国語圏における〈世界文学〉としての賢治詩の受容の歴史は、まさに本書から始まるのである。

（注）David Damrosch, *What is World Literature?*. (Princeton University Press, 2003)

【推薦序】

宮澤賢治的彼方風景

——李敏勇

宮澤賢治（一八九六—一九三三），是詩人、童話作家。在短暫的人生，留下許多動人詩篇和童話。他在家鄉岩手縣的農校教師生涯；後來辭教職、從事農耕，普及農業知識及農作肥料研製；擔任工廠技師，以及參加佛教日蓮宗活動的經歷，交織成一位浪漫主義詩人的風景。

一九九六年為宮澤賢治百年誕辰，日本的書店有關他的書籍，堆積如山。在他的出生地：岩手縣花卷市，宮澤賢治童話村，學術和觀光相互輝映。「宮澤賢治的彼方」成為某種鑑照的話語，意味著從宮澤賢治文學探詢他的人間與宗教心靈、自然風景。

十五歲時，讀到同為東北地方岩手縣人石川啄木《一握之砂》詩歌集，宮澤賢治受感動開始短歌創作。二十八歲時，自費出版詩集《春天與修羅》。他的文學人生是大正末期到昭和初期，這段時代像反映在宮澤賢治的詩中。在他的百年誕辰，時代躁鬱以及新興宗教現象重現，宮澤賢治的詩與童話又再度在日本人的心靈引起感動。《春天與修羅》和《銀河鐵道之夜》印拓在日本人心中。

二〇一一年，日本東北的福島大地震引起海嘯、核災；演員渡邊謙朗讀宮澤賢治的詩〈不輸給雨〉，經網路傳播，撫慰人心，也傳頌世界，讓人體會到詩的力量。宮澤賢治就是這樣能帶給人力量的詩人。他的東北風土、農民心境、農業情境、把土地與生活交織出現實與彼方的風景——某種理想鄉，來自他沉浸佛教日蓮宗的宗教心靈，異於武士道的某種泛宗教感，都是感人的存在。

宮澤賢治一百二十歲誕辰的時際，很高興看到漢譯宮澤賢治詩集在臺灣出版。他的詩應該也會受到臺灣在現實裡懷有理想鄉之夢的人喜愛，會洗滌人們的心靈。

本文作者為詩人、翻譯家

【譯者序】

來自伊哈托布的禮物

伊哈托布是一個地名。……是實際存在於作者心象中的夢土日本岩手縣。

童話作家詩人宮澤賢治在《多所要求的餐廳》童話集的廣告宣傳單上如此定義伊哈托布，而伊哈托布這個名詞也散見於他的詩作，岩手縣位於日本東北地方，擁有遼闊而美麗的大自然，是他一生熱愛的家鄉。他喜歡像這樣自創名詞，好讓實際的地名或事物不再只是固定時空下的具象，好讓它擁有世界共通性，他學習世界語（Esperanto），也是為了能和全世界的人交流，他一生沒有離開過日本，但視野格局卻跨越了肉眼可見的時空。

童話和詩這兩種文體恰好可以讓他充分抒發奔放不羈的所思所想，他在短短三十七年中創作了數百首詩歌，以及約一百四十篇包含童話的散文，離世後成為家喻戶曉的國民作家、世界文學作家，除了大量的文學創作，他還曾擔任農校教師，也會拉提琴、作曲、畫圖、設計花壇，而他的核心理念正如〈農民藝術概論綱要〉中所寫：「在世界全體尚未幸福之前　個人的幸福是不可能的」，他的具體實踐是開創無償教導農民農業科學知識的協會，與農民同在，指導農民設計肥料直到往生的前一天，將理念篤篤實實付諸行動，他不但是天才，還是悲天憫人的天才。

其人其作長年穩居日本文學等等各種領域研究主題的排行榜前幾名。文學、音樂、繪本、美術、戲劇、動畫、電影等領域的諸多創作者聲稱賢治文學是他們創作的素材、養分或重要靈感來源，數十年來，人們感動於他的真與善，享受並探究他的作品的美，從他的為人與作品得到心靈的淨化，得到力量與啟發，尤其在時有令人心情沉重的新聞的當今，他的創作實在是人類珍貴的禮物，翻譯傳播他的作品是極有意義的事。

賢治文學博大精深，絕非三言兩語可以論斷，但其詩與童話的性質大致可做如下比較。

兩者雖然都是一種心象的素描（詳見〈宮澤賢治關鍵語彙小辭典〉），底流其間的思想也是共通的，但賢治寄託在兩種文體的面貌卻不相同，若童話是以色鉛筆畫出彩色瑰麗的奇幻素描，詩就是以鉛筆畫出濃淡層次皆細膩的素樸直觀。

童話是敘事，就如讀者所知，那是無法以主要描寫人間的小說此文體所能含納，無法以肉眼可見的視角來框限的浩瀚無邊的世界，那是他天生才華的湧溢，也是他轉化自《法華經》的法喜與領悟，其中若有「我」，也是間接的「我」，是隱然可見的敘事者。

但是，詩是抒情，抒發他的人性與真情，是他內心種種深刻感受與思索的紀錄，不但在數首詩裡思索並定義所謂的「我」，更以「我」為出發點，時而赤裸裸直白地讚嘆甚至控訴，時而象徵式地透露人性中的不安、焦躁、糾結、煩惱、欲望等等。內容有即景生情，即物起興的寫景與抒情，不但留住了岩手縣的大自然最美的容顏，讓那些風景成了一幅幅永不褪色且不毀朽的圖畫，也有紅塵凡夫俗子真真切切的苦惱，還有對學生對農民的鼓勵與悲憫。許多詩還注記確切的年分日期，晚年以口語自由詩為素材重寫的文語定型詩還可視為一生的歷史鳥瞰。因此我總認為，這些詩若當初是以散文體書寫，其與私密的日記之差別豈不僅限於是否經過再修飾以及適不適合發表了。

因此，詩是了解賢治極重要且不可或缺的文類。

賢治在私人手札所寫下的一首純粹自我期許的，無意發表的短詩〈不輸給雨〉，早已是人盡皆知的國民詩，在三一一大震之後更成為支持東北地方復興的精神力量象徵，甚至災後一個月在美國華盛頓國家大教堂（Washington National Cathedral）所舉辦的超越宗派的祈禱追悼儀式中，大教堂的主任牧師山繆・T・洛衣德三也（Samuel T. Lloyd III）也以英文朗讀了〈不輸給雨〉。但是事實上，比起〈不輸給雨〉，他生前自編出版的詩集《春天與修羅》或其他已發表或計畫發表的詩可能才正是他迫切想與世人分享的。

純詩集的英譯本《春天與修羅》（*Spring & Asura* by Hiroaki Sato, Chicago Review Press）早在一九七三年即已出版，其他各國也陸續翻譯出版了純詩集或納入童話的合集，然而管窺中文翻譯，即使童話已有多種出版品，純詩集卻仍尚未得見。

今年（二〇一五年）八月的賢治文學之旅的某個炎熱午後，我走進灑滿陽光的「宮澤賢治伊哈托布館」（宮沢賢治イーハトーブ館）的圖書室查閱資料，在和館員閒聊之中提到正在中譯詩集，館員張大了眼睛，眼神倏忽一亮，問我：「哇，為什麼以前都沒有中譯詩集出版呢？」

其實這也正是我的疑問，而且我等待這本詩集等了好多年，只是萬萬沒有想到是自己來做這件事。與其說是疑問，不如說是期待，多年來我就只是坐著等待別人翻譯給我讀，因為我充分了解翻譯賢治詩的困難。

童話再如何天馬行空，畢竟遣詞用字不致過於艱澀冷僻，同時也存在著故事本身的邏輯，但是賢治詩中有科學用語，且有些詩作抽象，還有難以理解也難以用外語呈現的方言（例如〈高原〉一詩都是方言，還有一些方言夾雜於其他詩中）需要克服，因此有時連專研賢治的學者之間對同一首詩的闡釋也不盡相同。即使有不少詩頗為淺白平易近人，像是〈不輸給雨〉或像是《春天與修羅》第二集以降的大部分詩作，但也有些詩其靈感宛如天啟，語言宛若神啟，需要確認背景資料或追溯同一首詩的更原始版本加以比對，如此多方探究揣測才能窺出含意，對我們外國人而言，它們就像是放在鎖了兩道密碼的藏寶箱裡的珍寶，不能輕易得手，一道是語言的隔閡，一道是內容的解讀，因此識者或曰不可譯不必譯。

我非常清楚，若要做這件事，譯者必得做層層努力才能解開第一道密碼，因此我曾在「以我的禿筆拙文可以達成這樣的任務嗎？」以及「不翻譯出來真可惜」之間擺盪掙扎了數個月。

在猶豫期間，只要想起許多中文讀者不但知道賢治是一位詩人也熟知〈不輸給雨〉、〈永訣之朝〉等，卻尚無緣欣賞他更完整的詩作就坐立難安，加上別的語種早就有詩集譯本，最後才決定盡全力做好這件事，甚至自不量力地竊竊奢望全是漢字繁體中文的賢治詩可以呈現不一樣的韻味與美感。

決定之後，我做了以下的努力。

為了貼近詩中風土，見賢治所見，踏賢治踏過的土地，吹賢治吹過的風，我回到日本東北地方，在仙台翻譯主要部分，請求母校的佐藤伸宏教授指導，期間再度行旅盛岡與花卷，並請教當地耆老詩中方言的問題。

選詩原則是知名度高、重要的、易懂的、對於了解賢治有助益的。譯詩原則是，除了礙於中日文語法構造的不同，有些地方不得不更動詩句排列的前後順序之外，務先求忠實通暢再求修飾優美，不以意譯，盡量直譯，文語定型詩則盡量讓中文的字數也整齊，如此不但讀者可以讀到賢治詩原本的樣貌，而且方便日文學習者，甚至學習中文者對照閱讀。為不干擾與限縮讀者的解讀空間，注釋僅提供字詞本身的基本客觀解說，不多做闡釋。完成之後再參照兩位英譯前輩（Hiroaki Sato & Roger Pulvers）的英譯本。

編寫〈解說〉、〈宮澤賢治關鍵語彙小辭典〉、〈年譜〉，希望讓讀者更快進入賢治文學的世界。〈解說〉是概要說明賢治及其詩作背景，還有分享個人讀詩心得和翻譯的幕後花絮，〈宮澤賢治關鍵語彙小辭典〉則是挑選出了解其人其作最重要的關鍵語彙加以說明，另外再從數本宮澤賢治傳記擷取能夠了解賢治及其文學創作背景的關鍵性的小軼事小故事置入這三項目之中，希望拼湊出一個活生生的可親可近的人的立體樣貌，而不只是存在紙上的平板的遙不可及的聖人、偉人形象。

儘管如此，與其說是我在努力，不如說是這本詩集自己期望被產出。

整個過程總感覺到一個無以名狀的意志，是它讓我在翻譯過程不斷遇到貴人，得到許多新知舊識的鼓勵與幫助，不是我，而是這個意志，讓翻譯與出版過程順利，若勉強要指出這意志為何，可能是宮澤賢治先生，或者是這些詩本身，這意志像一塊磁鐵，吸引許多人來助我一臂之力。

首先是日本東北大學文學研究科國文學研究室的恩師佐藤伸宏教授，他從我尚在猶豫的時期開始就鼓勵我，後來更賜予諸多實質協助，以一位長年鑽研日本近代詩和翻譯理論的研究大家之尊，花費許多寶貴時間俯身指點我，如果沒有他，這本詩集不但難產也將減色一半。

還有東北大學國文學研究室的前輩們，包括東北大學學術資源研究公開中心的大原理惠助教、一關工業高等專門學校的渡辺仁史教授、東北多文化 Academy 虫明美喜主任、日本宮澤賢治重要研究者岐阜聖德學園大學的大沢正善教授，以及東北大學國際文化研究科的佐野正人准教授，台灣方面則有淡江大學日文系的前輩同事黑島千代老師，我在翻譯工作的最初向她請教，也在完稿前向她做最後的細部確認。他們都各自竭盡所能陪我推敲琢磨詩的原意，在資料提供、語彙闡明、內容理解、參訪花卷等等各方面賜予不可或缺的協助。還有東北大學國文學研究室朋友們的友善親切，讓我在翻譯的惡戰苦鬥之中還能度過一個安適的暑假。

甚至連在學時期的接待家庭也以實際行動支持鼓勵我的翻譯工作，仙台的高橋誠醫師一家不但於在學時期照顧我，夫人仙台醫健專門學校高橋英子副校長還撥冗帶我參訪友人創設的「賢治與William Morris之館」，在創設者東北大學大內秀明名譽教授的解說下，我得以親眼看見台灣所沒有的，詩中的某些植物。

我想，以上的師長、前輩、友人們都是基於對我的關愛與友誼，同時也是基於自己的國家擁有如此卓越作家的榮耀感而幫助我。

還有必須一提的是，賢治的親弟弟宮澤清六先生的孫子，目前管理賢治肖像權的宮澤和樹先生（林風舍代表取締役），在與我會談之後，為了讓中文讀者也能更加認識賢治，明快地決定提供珍貴照片給本詩集專用，當我看到和樹先生親自將照片寄來電子郵箱的那一瞬間，不知為何竟然溼了眼眶，或許是因為又感受到那無以名狀的意志吧。這些由親屬保存的照片讓這本書讀來就像賢治自己在書裡，迅速拉近了賢治與中文讀者們的距離，實在是極為珍貴的緣分。在與和樹先生的會談之中，我也切身了解到賢治從親屬的眼光看來是怎樣的人，以及宮澤家族期待自己的先人如何被理解，這些都寫在〈解說〉裡。

我是一隻啣著賢治的詩想信息從日本東北飛回台灣的信鴿，他們在我長途的飛行之中接力似地賜我續航氣力，這本書絕非一人之力可竟，我要在這裡表達對這些貴人由衷的深切的感謝！另外也要對具有出版賢治詩集卓見的商周出版表達敬意，因為沒有他們就不會有這本詩集。

細思量勤修改，百般的不放心還是得讓它出場，因為賢治說「永久的未完成　這就是完成」，我試著解開第一道密碼，相信讀者在品賞之中自能解開那第二道密碼，於各自的心象展開瑰麗而驚奇的無限可能。願讀者也能與我一樣悠遊於其中的廣闊無邊，隨著賢治獨特而睿智的視角重新思索這個世界，感受其中的清新與良善，若這本書讓讀者領略到一絲絲美好與感動，那全都是賢治原作的魅力以及所有助我的貴人們的成就，若有任何的錯誤與不周，那都是我個人的問題與不足，縱有誠心摯意亦無法遮掩諸多紕繆瑕疵於萬一，期盼各方先進賢達不吝賜予指正。

二〇一五年十二月　顧錦芬於臺北

謹以本詩集紀念宮澤賢治先生一二〇週年誕辰

凡例

1、本詩集摘譯自《新校本宮澤賢治全集》第二卷至第七卷（筑摩書房，一九九五—一九九六），以下簡稱全集。

2、本詩集詩的排序與分類以及詩名標記等皆依照全集。

3、全集第二卷（《春天與修羅》）收錄初版本以及宮澤家本兩種版本，本詩集基本上採用宮澤家本。

4、《春天與修羅》第二集以後，部分詩名另外附加「」的標記，表示該詩無題或詩名不明，以該詩第一行詩句作為詩名。

5、《》表示書名，〈〉表示詩名或其他文類名。

1

《春天與修羅》

——創作期間：約為一九二二—一九二三

——序

所謂　我　的這個現象
是被假設的有機交流電燈的
一抹藍色照明
（所有透明幽靈的複合體）
隨著風景以及大家一起
忙忙碌碌地明滅
就像是真的繼續點著的
因果交流電燈的
一抹藍色照明
（光線保持著，那電燈卻消失）

這些是二十二個月[1]的
從我感知為過去的方向
排列出紙與礦質墨汁

1.二十二個月指的是寫作《春天與修羅》的期間，從一九二二年一月起的二十二個月。

（全部與我一同明滅
　大家都同時感受到的）
被保持到現在的
陰影與光亮的一個個鏈環
原原本本的心象素描

關於這些　人或銀河或修羅或海膽
或許邊食用宇宙塵[2]或在空氣或鹽水中呼吸
邊各自思考著新鮮的本體論
但那些也終究是心中的一個景物
然而被確實記錄下來的這些景色
就是被記錄下來的原原本本的景色
若那是虛無　虛無本身就是這樣
在某種程度　是與大家相通的
（因為就像一切就是我心中的大家那樣
　一切也是大家各自心中的一切）

2.宇宙塵是四散在宇宙中的微塵，有些來自星體的崩解。

但是這些在新生代沖積世[3]的
巨大且光明的時間的累積之中
應該已經被正確記述下來的這些文字
卻在那僅僅相當於一瞬間的明暗之中
　（或者是修羅的十億年）
已快速改變其結構與性質
甚且我以及印刷者
都覺得那些文字不會有所改變
這傾向是有可能的
大概就像我們感受我們的感官
或風景或是人物那樣
就只是像我們所共通地感受那樣
紀錄或歷史，或者是所謂地球史
還有那各式各樣的資料
（在因果的時空制約下）
都只不過是我們所感受到的罷了

3. 新生代沖積世是地質時代的名稱，指新生代第四紀的全新世，大約由一萬年前到現代。

或許兩千年之後
符合兩千年後的不同的地質學將被使用
與其相應的證據也漸次從過去出現
大家會認為約在兩千年之前
藍藍的天空中充滿無色的孔雀
新進的大學士們在大氣圈的最上層
從亮晶晶的冰氮[4]附近
挖掘美麗的化石
或者會在白堊紀[5]砂岩的表面
發現透明的人類巨大足跡

所有這些命題
作為心象或時間本身的性質
都在第四次延長[6]之中被主張

4. 液氮的冰點是零下二一〇度，冰氮是氮的固體型態。

5. 白堊紀是地質時代中生代的最後一個紀，大約一億兩千萬年前。

6. 第四次延長應指第四次元，在以縱橫高來測度立體空間的三次元，再加上時間，詳見〈宮澤賢治關鍵語彙小辭典〉。而「第四次延長」的用語，可能受到成瀨關次所著《第四次延長》（1924年）影響。

——折射率[1]

明明七森[2]之中靠近這邊的這座
比水中更加明亮
且非常巨大
為何我還得踏在凹凹凸凸結凍的道路上
踏著這凹凹凸凸的雪
朝向前方亞鉛灰色的卷積雲
像個陰鬱的郵差
（阿拉丁，又拿起神燈）
匆匆趕路呢

1. 折射是一種常見的物理現象，意指當物體由一種媒介斜射入另一種媒介所引起角度偏移之現象。折射率是光在真空中的速度與光在材料中的速度之比率，是表述物質中光之行進的指標，日文漢字為「屈折率」。

2. 七森位於岩手縣的岩手山的南麓，是七個獨立的小山丘，二〇〇五年基於日本的文化財保護法被指定為「伊哈托布的風景地」。

鞍掛山[1]之雪

所能信靠的
只有綿延鞍掛山山巒的雪
因為原野和森林
飄雪而陰沉黯淡
絲毫無可指望
雖是正如那酵母般的
朦朧飛雪
但我所能寄予些微希望的
只有鞍掛山的雪而已

1. 鞍掛山位於岩手縣，在岩手山的南邊，標高八九七公尺。

——太陽與太市[1]

太陽今天是小小的天之銀盤
雲連續不斷地侵越飄過
它的表面
由於大風雪也開始發光
太市就穿上了毛料的紅長褲

1. 太市是人名。一說是賢治小學中年級時，導師念給他們聽的法國作家賀克多・馬洛（Hector Malot）所著《苦兒流浪記》日文譯本中男主角的名字，賢治畢業後曾對導師提及對該小說與男主角印象仍舊非常深刻。一說是農民的名字。

——山丘的眩惑

一片一片美麗地閃耀著
雪　從天空飄落下來
電線桿影子的靛藍
耀眼的山丘的反射

　那旅人的雨衣衣角
　被不知哪兒來的風　猛烈地吹翻起來
　宛若一千八百一十年代的
　佐野喜[1]的木版畫

原野的盡頭是西伯利亞的天際
土耳其玉製玲瓏的接合處也閃亮
　　（太陽
　　在天空的遠方

1.佐野喜指的是佐野屋喜兵衛，是江戶時代後期（1818-1844）出版版畫，浮世繪等等的出版社名稱。

50

不斷焚燒白色的火）

細竹之雪

燃落、燃落

——碳化物倉庫[1]

以為是城鎮街上那令人懷念的燈
我急著
從雪與蛇紋岩的山峽過來
但這卻是碳化物倉庫的屋簷
通透冰冷的電燈
（因為完全被雨雪打濕了
所以在香菸點根火吧）
與汗水一起掠過的
這薄暮的風雅意趣
不只是由於寒冷而來
也不只是由於寂寞而來

1. 碳化物倉庫是附屬於「岩根橋發電所」的碳化物工廠的倉庫，以前位於岩手輕便鐵道（現今的ＪＲ東日本釜石線）的岩根橋車站境內。

——鈷[1]山地

在鈷山地的冰霧裡
奇異的清晨之火正在燃燒
約略是毛無森[2]砍伐跡地那一帶
確實是精神上的白色火焰
比水更為強烈且不斷熊熊燃燒著

1. 鈷（cobalt）是化學元素，銀白色金屬。鈷山地意為鈷色的山地，據稱是北上山地。

2. 毛無森是岩手縣的山，位於北上山地早池峯山的西方。

——盜賊

藍白色骸骨星座的拂曉時分
穿越凍僵的泥土之不規則反射
偷走置放在店頭
那一只青磁瓶的人
忽然停住那又長又黑的腳
以兩手覆兩耳
聆聽電線的音樂盒

——戀愛與病熱[1]

今天我的額頭也黯然
甚至連烏鴉都無法正視
　妹妹此時
在冰冷而晦暗的青銅色病房裡
被透明薔薇之火燃燒
真的，但是妹妹呵
因為今天我的心情也太過沉重而惡劣
所以柳花也就不摘過去了

1. 病熱的意思是生病發燒。

春天與修羅[1]

——（mental sketch modified）

從心象的灰色鋼鐵映現出
五葉木通[2]的藤蔓纏繞著雲
野玫瑰叢　腐植的濕地
一整面一整面的諂曲模樣
（比正午的管樂還頻繁地
　降下琥珀碎片之時）
憤怒的苦與藍
來回於四月大氣層的光之底
吐唾沫　咬牙切齒的我
是一個修羅
（風景在淚水中晃動）
碎碎的雲遮蔽了我的視野

1.〈春天與修羅〉的詩名與生前出版唯一詩集名稱《春天與修羅》相同，而「修羅」為理解賢治作品的關鍵詞彙，詳見〈宮澤賢治關鍵語彙小辭典〉。

2.五葉木通是蔓性落葉矮樹。

在玲瓏的天之海
聖玻璃之風來回吹著
ZYPRESSEN[3]　春天的一列
黑黑暗暗地吸收乙太[4]
雖然從那陰暗的樹幹下方顯現出
連天山[5]的雪之稜都閃閃發亮的景象
（蜃景霧氣之波與白色偏振光）
但是真如[6]的語言卻消失了
雲片片散開來　在天空飄飛
啊　咬牙切齒且燃燒著的
在閃耀的四月之底層來來回回的我
是一個修羅
（玉髓[7]之雲流盪
那春之鳥在何處鳴叫）
太陽若泛藍變暗下來
修羅就與樹林交響

3. ZYPRESSEN是德文，複數形，西洋柏木之意。

4. 乙太是物理學名詞，是被假想的光的傳播媒質。

5. 天山原本指中國的天山山脈，此處也可能指天界之山。

6. 此處若採用「まこと」的漢字「真」或「誠」來連接後面的「的語言」，容易限縮在「真VS假／偽的語言」這樣的框架裡，但是此處的「まこと」融合了真實、真誠、真理等意，故譯為真如，真如原為佛教用語，大約指諸法的真實本質，詳見〈宮澤賢治關鍵語彙小辭典〉的「まこと」項目。

7. 玉髓是礦物名，一種石英，有白色、灰色、灰藍色、棕色、紅色、綠色等各種顏色。

從凹陷而陰暗的天之碗
黑色的樹群展延
那樹枝悲傷地茂盛成長
所有雙重的風景
從失魂喪魄的森林樹梢閃現
然後飛離的烏鴉
（就在大氣層越來越澄澈
而檜木也寂靜地聳立在天空之時）
穿過草地的金黃而來的
無疑是個人的模樣
披著蓑衣看著我的那個農夫
真的看得見我嗎
在炫目的大氣圈海底
（哀愁既藍且深）
ZYPRESSEN 靜靜晃動
鳥再度劃破藍空

（這裡沒有真如的語言
　修羅的淚水滴落地面）

如果重新對著天空大口吐氣
肺就微白收縮
（這個身體化散為天空的微塵）
銀杏的樹梢再度閃亮
ZYPRESSEN 越發黑暗
雲的火花如雨般紛紛灑落

——春日詛咒

究竟那傢伙是什麼模樣
知道是怎麼回事嗎
頭髮又黑又長
緊閉著唇
就只是那樣
　春天陶醉於草穗
　所期待的事可是會全部消失喔
　（這一帶本就蒼藍暗黑
　且極為空蕩）
臉頰微紅　眼眸茶色
就只是那樣
　　　　　（這苦澀這藍這冰冷
　　　　　這苦澀這藍這冰冷）

——谷

光的沉積處
三角田的後方
枯草層上
我所見到的是
滿臉紅斑點
操著玻璃般鋼青[1]的語言
頻頻互相傾靠
似乎在商討著什麼的
三個妖女

1. 鋼青是近似鋼藍（steel blue）的顏色。

——幻聽

（這會改變嗎）
（會改變）
（這會改變嗎）
（會改變）
（那這如何呢）
（不會改變）
（那麼，喂，
把雲的尖刺拿來這裡。快）
（不　會改變　會改變）

——雲的信號

啊真好，心情真舒爽
風吹拂著
農具亮晃晃的
山！　矇矇朧朧
不管是火山岩頸[1]或岩鐘[2]
都正做著時間尚未存在時的夢
　那時　雲的信號
　已被高高升在
　蒼白禁慾的春日天空
山色空濛
今夜　四株杉[3]上
雁也必定棲降而來

1. 火山岩頸是火山內的岩漿硬化後所形成，突出地表的圓柱塔狀地形。
2. 岩鐘是火山熔岩凝固為吊鐘狀的地形。
3. 原本位於現今市立花卷中學校北側，是樹齡超過三百年的古木，但是在一九七七年由於雷擊而倒毀。

——風景

雲是不可靠的羧酸[1]
櫻花綻放　在陽光下散發動人光彩
若風再來　吹過草地
被砍伐的遼東楤木[2]也顫動
……剛才在沙土灑遍廄肥
　　現在是鈷藍玻璃[3]的模型……
當性情不定的雲雀的達姆彈[4]
驟然飛上天空
　　風就吹過藍色的恍惚
　　黃金之草　飄搖飄搖

1. 羧酸是帶有羧基的有機化合物，白色。
2. 遼東楤木是五加科楤木屬，分布於日本，中國，韓國等地。
3. 藍色鈷玻璃是在玻璃製程中加入鈷藍而成的一種特殊的觀火玻璃，主要用於化學實驗室或應用於工業。
4. 十九世紀末英國為鎮壓印度的叛亂而在加爾各答附近的達姆兵工廠進行研發的子彈，俗稱為「達姆彈」，具有變形擴散的特性。

——朝鮮白頭翁[1]

風吹過天空
那餘韻吹拂草地
（每株胡桃木上
此時都懸垂著金色嫩果）
啊　黑帽子的悲哀
若放上朝鮮白頭翁的花朵
片片光酸之雲飄浮

1. 多年生的草本植物，春天開深紫紅色的小花。

——河畔

河畔也沒有鳥
（我們所背負的燕麥種子）
在風中發出乾咳聲
朝鮮白頭翁[1]接著顫抖
陽光裡的兩個孩子

1. 多年生的草本植物，春天開深紫紅色的小花。

真空溶媒[1]

——（Eine Phantasie im Morgen）[2]

融化了的銅還沒暈眩
白色日暈也尚未燃起
只有藍銅色的地平線
忽亮忽暗
半溶化半沉澱
很早就開始晃動著
我穿越新鮮有朝氣的
成列的銀杏樹
在那條水平的樹枝上
如玻璃般透亮又優美的嬌嫩者
已經大致變成三角形
通透天空垂掛著

1. 溶媒又稱溶劑，用來溶解固體液體氣體，例如水、酒精等。

2. 德文，「早晨的幻想」之意。

但這當然
也不是那麼不可思議的事
我依然只是吹著口哨
大步向前走
銀杏的葉子都嫩綠
因春寒料峭而顫抖著
現在　那裡是酒精瓶裡的風景
閃耀的白雲碎成片片
露出那永久的海藍
還有新鮮的天空的海參氣味
但是　我揮舞手杖揮舞過度
就這麼突然　樹木消失了
耀眼的草坪遼闊無比
當然　若是銀杏樹
已在後方兩哩之遠
正在原野的藍綠色縱橫條紋裡

進行晨間練兵
悠然湧現的晨之喜悅
冰雲雀也正鳴唱著
那澄澈通透的美好聲波
甚至帶給整個天空
相當大的影響
也就是說　雲漸漸融於藍藍虛空
終至現在
變為被搓得圓滾滾的石蠟製的丸子
輕飄飄輕飄飄地靜靜飄浮著
地平線頻頻晃動
清楚可見一位紅鼻子的灰色紳士
正帶著像馬那麼大的純白的狗
在對面走路
（啊　你好）
（呀　真是好天氣耶）

（您往哪兒散步呢
原來如此　嗯嗯　對了　聽說昨天
頌年韜盧[3]去世了
您有聽說嗎）
（不　完全沒聽說
咦，叫做頌年韜盧喔）
（聽說是吃蘋果中毒）
（蘋果，啊，原來如此
就是在那邊我們看得到的蘋果吧）
從遠方充滿了泛紫深藍色的地面上
那金色的蘋果樹
正蓬勃伸展成長
（因為他沒有削皮就直接吃金蘋果）
（他真可憐
如果早點給他喝下王水[4]就好了吧）
（王水，打開他的嘴餵嗎

3. 頌年韜盧是虛構的人名。
4. 王水腐蝕性強，可溶解黃金。

嗯嗯，原來如此）
（不　王水不行
還是不行
終究是死路一條吧
是他的命運啊
是大自然的法則啊
他和您是親戚關係嗎）
（是啊　是很遠很遠的親戚）
到底在開啥玩笑
看，那條像馬那麼大的白狗
遁逃到很遠很遠的對面去
現在看起來就像南京鼠[5]那麼小
（啊　我的狗逃走了）
（追也沒用吧）
（不，那條狗可是很貴的
必須把牠捉住

5. 南京鼠是實驗或寵物用的小白鼠。

71

再見）

蘋果樹大肆繁殖
而且長高了
我只不過是石炭紀[6]的鱗木[7]下的
一隻螞蟻
狗和紳士都跑得很快
東方的天空在蘋果樹林的樹幹下方
綴滿了琥珀
從那兒飄來微微的苦扁桃氣味
接著完全變成狂亂的午晝
天頂如此遙遠
連愉快的雲雀也早就被吸進
這可怕的天空邊緣
事態變嚴重了
不但畫家們駭人的幽靈
迅速飄過那兒

6.石炭紀是地質時代的一個區分，大約是離現在三億五千九百二十萬年前到兩億九千九百萬年前的時期。

7.鱗木是石炭紀代表性的樹木之一。

雲也全部升起鋰的紅色火焰
然後是激烈的光的來回交錯
草全被變為褐藻類
這裡正是淒涼的雲之焦土
風的鋸齒線形和黃色漩渦
天空急促地翻轉變化
多麼令人難以忍受的寂寥啊
（怎麼了　牧師先生）
身高太高了唷
（您生病了嗎
　氣色好像很差）
（沒有啦　謝謝
　真的沒什麼事
　您是誰呢）
（我是保全人員）
極度四角形狀的背包

裡面裝著苦味丁幾[8]和硼酸等等
各式各樣的東西
（是嗎
今天工作也很辛苦吧）
（謝謝
剛才途中有人倒下去）
（是怎樣的人呢）
（是一位氣派的紳士）
（鼻子紅紅的人對吧）
（是啊）
（有沒有抓著一條狗）
（他臨終時說
狗已經跑到十五哩以外了吧
真是一條好狗）
（那麼那個人死了嗎）
（不，只要降下露水　他就會痊癒

8.苦味丁幾是一種健胃藥。

只是在黃色的時間短暫的昏迷而已吧
（嗚　好強的風　真傷腦筋）
真的是很強的風
差點倒下去
就像在沙漠中腐壞掉的鴕鳥蛋那樣
不但有硫化氫
也有無水亞硫酸
也就是說　從天而來的瓦斯氣流有這兩種
互相衝擊後形成氣旋　就產生硫磺粉末
　氣流有兩種　融合產生硫磺粉末
　　氣流有兩種　融合產生硫磺粉末
（振作點　振作啊
喂　振作起來
終究還是沒辦法啊
真的是沒輒啦
既然那樣　我就拿個錶走吧）

把手伸進我的暗袋
什麼保全人員呀
不需要保全人員　怒罵他吧
　　　　　　　　怒罵他吧
　　　　　　　　　怒罵他吧
　　　　　　　　　　怒罵……

水滴落著
感恩　感恩神　是雨
有害的氣體全都溶化吧
（振作起來　振作啊
已經沒事了）
什麼沒事　我跳起來
（閉嘴　你這個混蛋
黃色時間的強盜
飄飄然的泰納第軍曹[9]
你這混蛋

9. 泰納第軍曹是法國作家雨果小說《悲慘世界》裡的人物，惡棍（Thénardier），軍曹是陸軍下士官的階級之一，泰納第自稱軍曹卻是謊言，他勾結犯罪集團，到處騙錢。在宮澤賢治創作之前，《悲慘世界》由黑岩淚香翻譯，一九〇二至一九〇三年在報紙連載，在日本已是有名的小說。

不要把別人當大傻瓜
什麼保全人員呀 混蛋）
真爽快 他非常頹喪洩氣
身體收縮變得愈來愈小
整個人乾癟掉
只剩下黑色四角背包
變成一堆泥炭
活該 真是醜陋的泥炭啊
背包裡面有什麼呢
保全人員，真是悲哀
堪察加[10]的螃蟹罐頭
和一袋陸稻[11]的種子
以及一隻濕濕的大鞋子
加上紅鼻紳士的金鎖鏈
不管了 空氣真好
真的就像是液體般的空氣

10. 堪察加半島。
11. 陸稻又稱旱稻。

（讚美神吧
　祂應因大能而被頌揚
　啊　空氣真好）
天空的澄明　所有塵芥都被洗淨
草都恢復了葉綠素
含有葡萄糖的月光液[12]
甚至鼓動起喜悅的脈拍
泥炭嘀咕著
（喂　牧師先生
　看那開始飛馳的雲
　簡直像是天上的賽馬　純種的賽跑馬[13]）
（是啊　好美
　是雲　是賽馬
　是天上的純種賽跑馬　是雲）
展現出變幻無窮的色彩
……太遲了　沒有讚嘆的空暇

12. 月光液應指樹液。

13. 純種馬（Thoroughbred）是一種為了賽馬而刻意培育出來的馬的品種。

虹彩淡淡的　變化也緩慢
此時化為一團輕飄飄的水蒸氣
轉瞬間消失到
零下兩千度的真空溶媒裡
唉呀　不能再欣賞了　我的手杖
究竟跑到哪兒了呢
外套也不知何時不見了
背心就在剛才消失
可怕又殘酷的真空溶媒
這下子開始對我採取行動
就像身在熊的胃裡
但即便那樣　反正由於質量不變的定律
所以沒什麼大不了
話雖如此　事物從所謂的我
這牧師的清晰意識中快速消失
東西迅速地消失　還是滿悽慘的

︵唉呀　真是巧遇啊︶

︵喔　紅鼻紳士
終於捉到狗了︶

︵謝謝　可是
你到底怎麼了呢︶

︵外套不見了　所以很冷︶

︵原來如此　奇怪了
你的外套不是那件嗎︶

︵哪件︶

︵你現在穿著的那件︶

︵原來如此　哈哈
是真空的小魔術︶

︵是啊　當然是
但是　真的很奇怪
那是我的金鎖鏈耶︶

︵是的　反正都是那個泥炭的保全人員變的把戲︶

︵哈哈　是泥炭的小魔術︶
︵當然是
狗狂打噴嚏　沒問題嗎︶
︵沒關係　牠都是這樣︶
︵好大隻的狗喔︶
︵這是北極犬︶
︵可以把牠當做馬來騎嗎︶
︵當然可以　如何
要不要騎看看︶
︵真是謝謝
那就借來騎囉︶
︵請　請︶
我確確實實跨上那北極犬的背
牠就像犬神似地慢慢往東邊走
耀眼的綠意盎然的草
我們的影子是藍色的沙漠旅人

而那裡是剛才成列的銀杏樹道
在如此纖細的水平的樹枝上
如玻璃般透亮又優美的嬌嫩者
完全變成三角形垂掛著

——蠕蟲舞者[1]

（是的，是水溶膠唷
　是糊濁的寒天汁液唷）
太陽是黃金的薔薇
紅色的小蠕蟲
身上披掛水與光
獨自舞著
（是啊，8[2]　γ[3]　e[4]　6[5]　α[6]
　更有那阿拉伯風花紋[7]的圖飾文字）
羽蟲的屍體
紫杉的枯葉
珍珠的泡泡
斷落的苔的花軸等等
（紅色的小公主
　現在在水底的花崗岩上

1.在原詩名的漢字「蠕虫」的右方，附有片假名「アンネリダ」＝英文Annelida，環節動物門之意。而漢字「舞手」的右方附有片假名「タンツエーリン」＝德文Tänzerin，女舞者之意。

2.原詩在「8」的右方標示片假名「エイト」（eight）。

3.原詩在「γ」的右方標示片假名「ガムマア」（數學符號gamma）。

難得和黃色的影子
兩個人一起跳著舞
不，但是，馬上吧
沒多久就會浮上來吧）
紅色的蠕蟲舞者
有兩個尖耳朵
燐光珊瑚的環節上
恰當地裝飾著珍珠鈕釦
正輕快地一直轉圈圈
（是啊，8　γ　e　6　α
更有那阿拉伯風花紋的圖飾文字）
背脊閃閃發亮
雖然用盡全力轉著圈圈
但事實上珍珠也是贗品
可不是玻璃　而是氣泡
（不，即使是那樣

4.原詩在「e」的右方標示片假名「イー」（英文小寫）。

5.原詩在「6」的右方標示片假名「スイックス」（six）。

6.原詩在「α」的右方標示片假名「アルファ」（數學符號alpha）。

7.阿拉伯風花紋（arabesque）是伊斯蘭美術的一種樣式。

eight gamma e six alpha[8]
　更有那阿拉伯風花紋的圖飾文字）
背脊閃閃發亮
雖說是盡全力跳著舞
事實上若是因為苦於身上的泡泡才繃跳旋轉的話
你也是一點兒都不輕鬆
　不但太陽躲進雲裡
　我坐在石頭上腿也麻了
　水底的黑色木片就像毛毛蟲或海參
　而且首先你的身形是看不見的
　究竟是真的溶化掉了
　還是從一開始
　就全是朦朧藍色的夢呢
（不，在那兒　在那兒
　公主在那兒
8　γ　e　6　α

8.此行英文在原詩是日文的片假名。以下同。

更有那阿拉伯風花紋的圖飾文字）
嗯，水是朦朧的
光困惑著
蟲是　eight gamma e six alpha
還有阿拉伯風花紋的圖飾文字嗎
啊　心煩意亂　焦躁不安
（是的　一點也沒錯
eight gamma e six alpha
更有那阿拉伯風花紋的圖飾文字）

小岩井農場[1]

Part 1

我相當迅速地下了火車
於是雲就亮晃晃地閃了一瞬
但也有比我動作更快的人
是一位很像教化學的古川先生[2]的人
那橄欖色的西裝等等
像極了老實的農學士
剛才在盛岡[3]車站
我就真的那樣覺得了
這個人從砂糖水裡的
冰涼明亮的候車室
跨出一步的時候……我也跨了出去
一台馬車停著

1. 小岩井農場位於東北地方岩手縣，是日本最大的民間農場。此詩原本編排為九個部分，但是第五和第六部分只現存原稿，並沒有被收入《春天與修羅》出版本中，而第八部分更是連原稿都無。由於本詩很長（占全集二十六頁之多），本詩集只節譯第一、第二和第九部分。

2. 古川仲右衛門老師，是賢治在盛岡高等農林學校就學時的恩師，擔任土壤、肥料、化學、分析化學等科目。除了此詩之外，在短歌也有提及古川老師。

3. 岩手縣縣政府所在的中心都市。

馬車夫說了些話
是黑色高級馬車
磨砂無光澤的
馬也是上等的哈克尼馬[4]
那人微微點頭
就像是把自己這個小行李
裝載進去馬車那樣
輕鬆地上了馬車坐好
（些許光線的交錯）
那曬到太陽的藍色背部
稍微彎曲且安靜無聲
我與馬並排走著
這或許是載客用的馬車
似乎不是農場的馬車
若是那樣
馬車夫早些問我要不要搭就好了

4. 哈克尼（Hackney），是馬車用最高級的品種。

他只要從旁招呼我就好啦
雖然不搭乘也無所謂
但是接下來不但有五里路得走
而且我也想在鞍掛山下附近
悠哉享受一段時光
因為那兒空氣清新
樹和草都是幻燈片
不但朝鮮白頭翁[5]正盛開
也滿是鈴蘭
為了在那兒悠然停駐
就算是到本部[6]也是搭乘馬車為佳
若是今天
我確實也是可以搭乘馬車
但是如何呢
這馬車已經開始起動
輕輕駛過一旁

5.多年生的草本植物，春天開深紫紅色的小花。
6.小岩井農場的本部。

道路是黑黝黝的腐植土
剛下過雨　有彈力
馬豎起耳朵
耳尖朝著彼端的藍光
一派輕鬆地奔馳而去

此時我就像以腳步測量距離的時候那樣
將新開發地區[7]風格的建築物
全都拋在身後
這裡就是田地
兩匹馬汗濕了
拉著犁　焦躁地來來回回
那是黃綠色柔和的山的這一側
山吹著不可思議的風
嫩葉隨風搖擺千姿百態
在很遠的暗處

7.之所以說〈新開發地區〉，是因為小岩井車站於一九二一年開始營運，而此詩據推測作於一九二二年。

那透明的群青色的鶯群
也咕嚕咕嚕咕嚕咕嚕叫著
（真正的鷹是德國讀本裡的
但漢斯[8]說了　那可不是鶯喔）

馬車迅速遠離
不只搖晃得厲害還彈跳起來
紳士也被輕輕彈起
那人涉世已久
此時正若無其事端坐在
藍黑色深淵般的地方
也隨著馬車迅速遠離
田裡確實有兩匹馬
也有兩個紅通通的人
他們被雲所濾過的陽光
曬得越來越紅

8.漢斯是德國人名。

Part 2

拙劣的單面小鼓聲在遠方的天空奏鳴著
幸好今天也不會下雨
馬車的速度快是快
但並不是那麼快
因為它到現在才總算到達那裡
只行進了 從這裡到那裡的這條筆直的
火山灰的路的路程
那裡恰好是轉彎處
枯萎的草穗也搖動著
（山遍布著藍色的雲　還發著光
　奔馳而去的馬車漆黑且氣派）
雲雀　雲雀
是剛剛才飛上
飄散著銀之微塵的天空的雲雀
牠時而是黑色　時而迅速　時而閃耀著金色

在天空做布朗運動[9]
而且牠的翅膀
像甲蟲一樣有四片
有琥珀色的以及硬硬的像是塗漆的
確實有兩層
相當清脆動聽地鳴唱著
將天空的亮光吞下
當然在很遠處
有雲雀唱得更多
但那隻雲雀是背景
因此從那遠處看過來
這隻雲雀應該顯得極為勇敢吧
五月的此時
穿著又黑又長的外套
像是醫生的人從後方走來
似乎頻頻朝著我這邊張望

9. 布朗運動是懸浮在液體或氣體中的微粒所作的永不停息的無規則運動。一八二七年英國植物學羅伯特·布朗（Robert Brown）利用一般的顯微鏡觀察懸浮於水中由花粉所迸裂出之微粒時，發現微粒會呈現不規則狀的運動，因而稱之為布朗運動。

這是獨自一人走在筆直的道路時
極為常有的事
冬天時也是像這樣
穿著黑色披風大衣的人走過來
遠遠拋來語言的浮標
問我　往本部這樣走對嗎
一邊像是在艱辛地感受體會
那凹凹凸凸的積雪道路般地走著
一邊惶恐不安地問我
往本部這樣走對嗎
因為我只冷淡生硬地回說　嗯
僅僅只是如此　也覺得他頗可憐
今天這個人則來自更遠的地方

Part 9

透明卻晃動著的
是剛才那剽悍的四株櫻花樹[10]
雖然我知道
但眼睛並不是清楚看得見
在我的感官之外
確實正下著冰涼的雨
（天之微光無常而虛幻
　當我踏上浮石
　呵　優利亞[11]雨滴就越下越多
　仙后座將巡迴而行）
優利亞經過我的左邊
凜然張著大大的湛藍色眼瞳的
優利亞經過我的左邊
裴姆裴魯[12]在我右邊
………則在剛才偏到一旁去了

10.「四株櫻花樹」出現在本詩集未譯的〈小岩井農場〉第四部分。
11.賢治幻想中的名字。
12.賢治幻想中的名字。

從落葉松的行列偏到一旁去了
﹝當幻想從彼方迫近而來之時
就是人類毀壞之時﹞
我清晰地張開眼睛走著路
優利亞、裴姆裴魯、我遠方的朋友呵
隔了好久之後
又見到你們那巨大的純白裸足
我在白堊系[13]頁岩的古老海岸
曾經多麼渴盼你們往昔的足跡啊
﹝過度的幻想﹞
我在害怕什麼
無論如何無論如何都感到寂寞難耐的時候
人一定都會這樣
因為今天得以和你們相見
我就可以不必從這巨大旅程之中的一段
拚命遁逃

13.白堊紀形成的地層。

（雲雀好像在　又好像不在
　腐植質長出麥子
　雨下個不停）
是的，農場這一帶
真是令人感到不可思議
不知為何 我想把這裡稱為 der heilige Punkt[14]
即使是今年冬天 有事到耕耘部來
在這一帶氣息芳香的大風雪之中
自然而然產生一種神聖的心情
即使冷得快要凍僵
也一直在這裡走來走去
剛才也是那樣
那戴著瓔珞的小孩 不知是哪裡的小孩
〔不可以被那樣的事欺騙
　不同的空間有各種不一樣的生物
　而且首先　難道沒有留意到

14. der heilige Punkt 是德文，直譯是「神聖之點」。

從剛才一直有的想法簡直像銅版[15]一樣嗎」
雲雀正在雨中鳴叫著
你們那像貝殼般白得發亮的
平底且巨大的裸足
即使是充滿了紅瑪瑙刺針的原野也會踏上去吧
　已經決定了　不要往那邊去
　　這些全都不正確
　現在這些都是從 由於疲累而變更了樣式的你的信仰
發散出來之後 腐敗了的光的沉澱
要達到真正的福祉
若把那當作是一個宗教式的情操
就會因為那願望而受挫或是疲憊
自己與唯一的另一個靈魂
完全且永久　天涯海角都要相隨
這怪異的型態稱之為戀愛
而依循那方向一直下去

15.印刷用的銅版。

就算牽強也硬要蒙混強求
那絕對無法得到的戀愛的本質部分
這傾向稱之為性慾
所有這些　都隨著漸移之中的各式各樣過程
而存在著各種看得見或是看不見的生物種類
這命題即使是可逆的 也還是正確的
對我而言是很可怕的事情
但不管再怎樣可怕
若那是真的　也無可奈何
來吧　清楚地張開雙眼 任誰都看得見
明確地根據物理學的法則
從這些實在的現象
重新直挺挺地奮起
雖然明亮的雨下得如此猛烈
馬車向前奔馳 黑色的馬淋溼了
人站上馬車前行

絕不再感到寂寞
但不管說幾遍不會寂寞
肯定還是會寂寞
但這事這樣就可以了
把所有寂寞和悲傷都焚燒
人在透明的軌道上前行
落葉松　落葉松　越發翠綠
雲越來越縮攏而閃亮
路　明確地往東彎曲

——森林與思想

喂，喏，你看
那邊有座霧濕的
蘑菇形狀的小森林吧
我的思緒
往那地方
很迅速地流去
全都
融入其中了唷
　這一帶開滿了款冬蒲公英

──草坪

風與檜木的過午時分
小田中[1]踮起腳尖
手伸展到極限
灰色的皮球，光的標本
沒能接住　讓它輕溜溜掉了下來

1. 農學校的學生小田中光三，大正十一年（1922）畢業。

——報告

剛才吵嚷著說有火災的是彩虹
持續凜然高掛著　已有一個小時之久

——岩手山[1]

天空的散亂反射之中
老舊而黑黑地挖掘之物
擁擠的微塵　其深處的底部，
不潔而白白地淤積之物

1.岩手山乃岩手縣最高峰，由西岩手火山和東岩手火山構成。

——高原

我以為大概是海吧
果然還是閃亮的山
Ho[1]
若風吹拂頭髮
就是鹿舞[2]

1. 原詩是日文假名，此處改以英文表其音。

2. 「鹿舞」是保留在宮城縣北部及岩手縣南部的鄉土藝能，舞者頭戴鹿的面具，披著長長的黑髮。在賢治的故鄉花卷，「鹿舞」與「劍舞」同負盛名。

——高級的霧

這未免是
太明亮的高級的霧
白樺也發芽
燕麥
農舍屋頂
馬以及所有一切
全都過於明亮而炫目
（您或許知道
陽光裡的藍色與金色
落葉松
確實與庫頁冷杉相似）
過於耀眼　耀眼到
甚至連空氣都有點痛

——天然嫁接

在北斎[1]的赤楊之下
　黃色風車轉啊轉
一株杉[2]並非天然嫁接
據說只是光葉欅樹和杉樹一起生一起長
終至樹幹接合
一同立於烈焰天光之中罷了
雖然鳥也棲息著

1. 葛飾北斎（1760-1849）。江戶時代的浮世繪名畫家。

2. 一株杉曾經位於現今的花卷市舊湯口村地區，現在已無這株杉樹，但仍留存地名謂「一本杉」。

——原体劍舞連[1]

（mental sketch modified）

dah-dah-dah-dah-dah-sko-dah-dah

今夜異裝的弦月下
將雞的黑尾裝飾在頭巾上
閃動單刃長刀
原体村的舞者們啊
將青春洋溢波動起伏著的胸膛
投入阿爾卑斯山農夫的辛酸
把胖鼓鼓的閃亮臉頰
獻給高原的風與光
披上菩提樹皮與繩帶
大氣圈的戰士　我的朋友啊
深化那一片藍藍的清澄大氣

1.原体是指現今的岩手縣奧州市江刺區原体。「劍舞」是與「鹿舞」一樣廣布於岩手縣的鄉土民俗藝能，通常冠以村名等加以保存。「連」原本是量詞，「串」或「聯」之意，此處是「舞者們」之意。

收集楢樹與櫸樹的憂愁
在蛇紋山地[2]升起篝火
晃動檜之髮
在榲桲[3]氣味的天空
燃起新的星雲

dah-dah-sko-dah-dah
讓肌膚刮削于腐植土與泥土
筋骨由於冰冷的碳酸而粗糙
每個月都焦慮於日光與風
虔敬地增長了年歲的師父們啊
今夜銀河與森林的祭典
在準平原[4]的天際線
更加強力地擊鼓
響徹朦朧月色之雲
Ho! Ho! Ho!
往昔　達谷的惡路王[5]

2.蛇紋山地位於北上山地（見〈東岩手火山〉一詩的注釋）南部，靠近原体的種山高原附近，以蛇紋岩形成，故名之。

3.榲桲是植物名，其果實可食。

4.準平原是經過長久的侵蝕作用後，使得山地高原逐漸夷平，變成接近海平面的平坦地形。

5.惡路王是八世紀末時蝦夷的首領，其據點在達谷窟。

夢與黑夜神[6]穿越了
漆黑的二里之洞
首級被切下且被醃漬
安朵美達[7]也在篝火搖擺
藍色假面的虛張聲勢
被長刀砍了之後溺水
夜風底層的蜘蛛之舞
吐出了胃　油黏黏
dah-dah-dah-dah-dah-sko-dah-dah
更強力地揮刀互鬥
招來四方的夜之鬼神
連樹液也顫動的這一夜
紅色的直垂[8]翻到地面
祭祀雹雲和風
dah-dah-dah-dah
夜風轟鳴　檜樹撼動

6. 黑夜神是佛教的天神，又稱黑闇天或黑闇女，是閻魔王的后妃之一，貌醜，且會帶來災禍。

7. 安朵美達是希臘神話人物。

8. 直垂是古代武家社會的男性服裝，無紋寬袖。

月是灑降射出的銀之箭群
敲擊與死亡都是火花的生命
長刀的鏗鏘未消失之時
dah-dah-dah-dah-dah-sko-dah-dah
長刀是閃電　芒草穗的沙沙聲
散落在獅子座的火之雨
消失之後了無痕跡的銀河平原
敲擊與死亡都是同一個生命
dah-dah-dah-dah-sko- dah-dah

——旅人

行於雨中稻田的人
往綠海龜森林[1]方向趕路的人
往雲與山的陰氣裡走的人
雨衣再穿緊些吧

1. 不是專有名詞，而是形狀像綠海龜的森林。

——東岩手火山

月是水銀，下半夜的喪主
火山的石礫是夜的沉澱
看到火山巨大的缺口
任何人都應該會感到驚愕
（風與寂靜）
現在漂過來的藥師外輪山[1]
也有山頂的石標
（月光是水銀，月光是水銀）
〔這種事真的很稀有
你說對面黑色的山……是說那個嗎？
那是這裡的延續
延續這裡的外輪山
那裡的山頂就是山的最高處
那對面的呢？

1. 藥師外輪山是東岩手火山的最高峰。

對面的是御室火口[2]
接下來要繞行外輪山
但因為現在什麼都還看不見
等天色稍亮之後再出動吧
是的　就算太陽還沒出來
只要天色變亮
能夠看見西岩手火山的火口湖
或其他地方就可以了
要敬拜太陽　就在那附近」
我看見
黑色山巔的右肩
以及那時鮮紅的太陽
是個太過鮮紅的幻想之日
「現在幾點
　三點四十分？
　恰好一小時

2. 御室火口是東岩手火山的火口之一。

啊　因為還有四十分鐘
會冷的人請拿著手提燈籠
待在這岩石的後面〕
啊，暗暗的雲之海
〔對面黑黑的山頭確實是早池峰[3]
線條狀　浮著的是北上山地[4]
後面？
那個嗎，
那是雲，看起來很柔軟吧，
雲覆蓋了駒岳[5]
含有水蒸氣的風
碰到駒岳
就往上飄
就那樣變成了雲
好像看不到鳥海山[6]
但是天亮時或許看得見喔〕

3.早池峰是橫跨東北地方三縣的北上山地的主峰。

4.北上山地是以岩手縣東半部為中心，跨及青森縣和宮城縣一部分的山地。又稱北上高地。

5.駒岳是位於秋田縣的山。

6.鳥海山是橫跨山形縣與秋田縣的活火山。

（柔軟的雲之波浪
那麼大的起伏
月光公司的五千噸汽船
也不會感到搖晃吧
那質地
是蛋白石或是玻璃的毛
或是 $Al(OH)_3$ [7]和緩的沉澱）
（事實上這樣的事是罕有的
我已經來過十幾次
從不曾如此安靜
如此暖和
反而比山麓的谷底
比剛才上山來到九成路途時的小屋
還要溫暖
像今夜如此安靜的夜晚
冰冷的空氣往下沉

7. $Al(OH)_3$ 是氫氧化鋁的化學式。

或許還會下霜
而暖空氣
往上浮起來
這就是氣溫的逆轉」
　御室火口的隆起
　被月光照著嗎
　還是被我的燈籠的光呢
　說是燈籠就是僭越了
　總之非常黃綠而昏暗
「那麼再過四十分鐘左右
請在這裡會合等待
是是，北邊是這邊
北斗七星
現在正往山下沉落
北斗星是那個
那叫小熊座

就在那七顆星裡面
然後看得到那邊
縱向排列的三顆星吧
下面有垂墜斜斜朝下
在右邊和左邊
有紅色和藍色的大星星吧
那是獵戶座，是奧力恩[8]
在那垂墜的下方附近
據說有星雲
現在看不見
在那下方是
大犬座的天狼星
是冬天晚上最亮最顯眼的星星
與夏天的天蠍互為表裡
來吧各位，隨意走走吧
那邊那白色的嗎

8. 奧力恩（Orion），獵戶座所象徵的希臘神話中的神。

不是雪
但是可以去看看
因為還有一個小時之久
而且我也要寫心象素描[9]」
咦，我的筆記本上
已寫的部分只有三張
或許是月光的惡作劇
藤原幫我照燈籠
才發現有些頁折進去了
好吧　那麼我一個人去
走在外輪山[10]那自然的美麗步道上
月球的一半是赤銅，地球反照[11]
「月球也有暗處」
「後藤又兵衛[12]總是會敬拜月亮」
對於我的自言自語
小田島治衛[13]如此回應

9.心象素描，詳見〈宮澤賢治關鍵語彙小辭典〉。

10.環繞著複式火山的火山口外側的連山。

11.指新月暗部所呈現的微光，係由地球反射的日光所造成。

12.後藤又兵衛，安土桃山時代至江戶時代初期的武將。

13.小田島治衛，與詩人同行的學生。

「是山中鹿之助[14]吧」
　反正無所謂，可以走了
　　不管如何那都是好事
當我被二十五日的月光照著
走在藥師火山口的外輪山之時
我就是地球的貴族
遠處飄滿蛋白石的雲
獵戶座、金牛座、各種星座
天空一片清淨澄澈
連眨眼也少
在我的額頭上方閃耀著
　是的，那鋼青的壯麗
　真的從獵戶的右肩
　顫抖著往我襲來
三個燈籠下降到

14.山中鹿之助，戰國時代至安土桃山時代的武將。

夢的火山口平原的白色處
﹁是雪嗎，不是吧﹂
回答得似乎頗為困擾的
不是雪，是仙人草的草叢
如果不是的話 就是高嶺土[15]
剩下一個燈籠[16]
還停在山的高處
那一定是因為河村慶助[17]
恍惚地把手伸進外套袖子的關係
﹁請進去御室火口
　噴火口也進去看看
是的　沒有火　什麼都沒有﹂
這聲音傳達得頗清楚
似乎躊躇了一段時間
﹁老師　可以進去嗎﹂
﹁可以，進去沒關係﹂

15. 高嶺土是由岩石風化而形成的黏土。
16. 亦即提燈籠的人。
17. 與詩人同行的學生。

燈籠下沉三個[18]
那凹凹凸凸的漆黑的線
些微的悲傷
但這究竟是怎麼回事
戴著大帽子
穿著破破的絲緞披風
走在藥師火口的外輪山的
靜靜月光下的
這件事

這石標
確實是寫著　往下的路
有燈籠從火口裡出來了
也聽得見宮澤[19]的聲音
雲海的盡頭漸漸平坦
形成一條雲平線[20]

18. 有三個提燈籠的人進入火山口。
19. 與詩人同行的學生。
20. 雲平線是雲與天空的境界線。

所謂形成雲平線
是從月光的左方
往右方迅速擦過的
一個夜之幻覺
現在　在火山口平原裡
有一個閃亮亮的白點
正呼喚著我　呼喚著我嗎
我是大氣圈歌劇的演員
鉛筆的筆套發亮
手指的黑影迅速移動
噘嘴站著的我
確實是大氣圈歌劇的演員
而且在月光和火山塊的陰影處
那邊的黑色巨壁
不是熔岩就是集塊岩[21]，是強而有力的肩膀
總之天亮後　繞行火山口一周的時候

21. 火山運動所產生的火成岩，通常為大型火山物質的混合岩塊，多見於火山活動的中心區域。

會從那邊來到這邊
微溫的風
這就是氣溫的逆轉
（好累啊
我睏了）
火山彈[22]那兒有黑影
在那妙好[23]的火口丘
有幾條軌道的痕跡
鳥聲！
鳥聲！
飛翔在海拔六千八百尺[24]的
月光下的鳥聲
鳥叫得越來越堅定
我慢慢踏步而行
現在月亮看起來有兩個
果然是因為疲勞而產生的亂視

22. 由火山熔岩的黏稠部分噴發形成，在落到地面之前凝結成固體，屬於噴出火成岩。

23. 妙好是東岩手火山的火口丘。

24. 日本的一尺約三〇・三公分，所以六八〇〇尺約為二〇六〇公尺。

微亮的火山塊的一個側面
獵戶座是不可思議的
月亮的周圍是成熟的瑪瑙與葡萄
呵欠與月光的變幻
　　（不可跳躍行走
　　　如果你是一個人的話還好
　　　但是帶著孩子們　萬一出事
　　　可不是你一個人能解決的唷）
在火口丘的上方　有銀河的小爆發
也聽得見大家在唱笛康叔民謠[25]的歌聲
月亮那銀色的角的邊端
潰散　稍微變圓
天之海與蛋白石的雲
暖暖的空氣
忽然扭撚成條被吹過來
折射率肯定也低

25. 笛康叔民謠是兵庫縣篠山市的傳統民謠，明治時代受到學生喜愛，全國流行，也成為學生歌謠。此民謠名之來源，有一說為「笛卡兒、康德、叔本華」之略。

大概就像在濃濃的砂糖水
又加了水似的吧
東方凝滯混沌
燈籠站在原來的火口上
又吹著口哨
我也要回去了
不知是否因為看到我的影子　燈籠也要回去了
（我現在看起來應該像一個
　有著鐵灰色背影的修羅）
那樣想似乎是錯的
總之呵欠和影子
天空的那一帶散布著微微閃爍的星星
也就是說　天空的模樣不一樣了
接下來　月亮就會變小

——永訣之朝

今天
就要去遠方的 我的妹妹呵
屋外正下著雨雪 異常明亮
　（請取雨雪來）[1]
從淡紅色的 更加陰慘的雲
雨雪滴滴答答飄落下來
　（請取雨雪來）
為了在有著藍色蓴菜[2]花樣的
這兩個破陶碗裡
裝取你將食用的雨雪
我就像射出之後扭曲行進的子彈
飛奔到這陰暗的雨雪裡
　（請取雨雪來）
從泛紅深銀色的陰暗的雲

1. 賢治的妹妹敏子說的話，是方言，發音是「ameyuzyu totechitekenzya」。意思是「請取雨雪來」。
2. 蓴菜是睡蓮目蓴菜科，多年生水草，又名「水葵」。

雨雪滴滴答答飄落下來
啊　敏子[3]
值此臨終之際
為了使我一生光明
妳向我要求
如此冰清的一碗雪
謝謝妳　我勇敢的妹妹呵
我也會勇往直前的
　（請取雨雪來）
在高燒與急劇的喘息之中
妳向我要求
從被稱為銀河或太陽、大氣圈等等的世界的
天空所降下的最後一碗雪……
……兩片花崗岩石材上
雨雪正寂靜地堆積著
我顫顫巍巍站立其上

3. 賢治的大妹（1898-1922），戶籍上的名字為片假名的「トシ」，一般也使用平假名的「とし」或漢字的「敏子」，因此中譯採用「敏子」。其生平詳見〈宮澤賢治關鍵語彙小辭典〉。

松枝上滿是 保有雪與水這兩種純白固體與液體的
晶瑩剔透的冰涼雪水滴
就從這閃亮的松枝
取走我那溫柔妹妹的
最後的食物吧
在我們一起成長的時光中
已經看慣了的這碗的藍色花樣
今天妳也要與它永別
（Ora Orade Shitori egumo）[4]
今天　妳真的就要永別
啊　在那禁閉的病房的
黑暗屏風和蚊帳裡
溫柔而蒼白地燃燒著的
我勇敢的妹妹呵
這雪無論選擇何處
都極為純白

4. 敏子說的話。本詩之中的方言，只有此處不是以漢字假名，而是以日文羅馬字呈現，意思是「我要一個人走」。

這美麗的雪
從那樣可怖而混亂的天空而來
（重生為人時
不再如此
只為自己的事痛苦）[5]
對著妳將食用的這兩碗雪
我現在由衷祈禱
願這雪變為兜卒天[6]的食物
不久之後 為妳和大家
帶來神聖的資糧
以我所有的幸福祈願

5.敏子說的話，方言。

6.兜卒天為佛教用語，是梵語的翻譯，又譯為都率天等等，是彌勒菩薩成佛前所在的空間。

——松之針

是取來了剛才的雨雪的
　那美麗松枝喔
哦　妳簡直像是撲上似地
將熱烘烘的臉頰貼附上那綠葉
甚至奮力將臉頰扎入
那植物性的綠針之中
妳那近乎貪婪的模樣
多令我們驚訝啊
妳是那麼想去森林
當妳那般被病熱燃燒
在汗水和疼痛中痛苦掙扎之時
我卻在日照之處愉悅地工作
邊思考著別人的事　邊在森林中漫步
（啊真好　真清爽　像是來到森林裡）[1]

1. 敏子說的話，方言。

像小鳥　像松鼠般地
眷戀著森林的妳
不知有多羨慕我
啊　今天就要去遠方的妹妹呵
妳真要獨自一人去嗎
懇求我和妳一起去
哭著對我那樣說吧
　妳的臉頰
今天反而有著難以言喻的美麗
我也來放這新鮮的松枝
到綠色的蚊帳上吧
現在雪水滴大約也將滴落
天空
也會飄漾著
清香的 terpentine 味道吧[2]

2. Terpentine 是松脂、松節油、松精油之意。

——無聲慟哭

如此這般被大家守護著
妳還得在這受苦嗎
啊　更加遠離巨大的信仰力量
又失去純粹以及小德性的數量
當我走在藍黑色的修羅道上時
妳要獨自一人寂寞地走上
自己所被決定的道路嗎
當與妳擁有相同信仰的唯一旅伴的我
由於在光明而冰冷的精進道上悲傷且疲累
而飄盪於毒草與螢光菌的黑暗原野之時
妳獨自一人要去哪裡
（我的模樣很難看吧）[1]
妳以一副無以言喻的絕望且悲痛的笑容
邊緊盯著

1. 敏子問母親的話，方言。

我所有細微表情
邊勇敢地如此問母親
（不，非常好　今天看起來真的非常好）[2]
真的是那樣
即使頭髮也是更加烏黑
而臉頰簡直像是小孩的蘋果臉
請保持著這美麗臉頰
到天上重生吧
〔但，身上還是有異味吧〕[3]
〔不，一點也沒有〕[4]
真的沒那回事
因為這裡反而充滿了
夏天原野的小白花香味
只是我現在無法說
（因為我正走在修羅道上）[5]
我的眼神之所以看來悲戚

2.母親回答敏子的話，方言。
3.敏子問母親的話，方言。
4.母親回答敏子的話，方言。
5.詩人內心的話。

是因為正凝視著自己的兩顆心
啊　不可那樣
悲哀地移開目光

——白鳥

〔全都是純種賽跑馬
　那樣的馬　任何人都有辦法駕馭嗎〕
〔如果不是相當習慣的人就不行〕
在古老的鞍掛山下
朝鮮白頭翁[1]的冠毛隨風搖曳
鮮綠的樺樹下
群聚幾匹茶色的馬
閃耀著美麗的光澤
　（日本畫卷的天空的群青色
　　或是天際的 turquois[2] 都不稀奇
　　但那麼大的心相的光環
　　在風景之中是少有的）
兩隻大白鳥
正尖銳而悲切地彼此應和啼叫

1. 多年生的草本植物，春天開深紫紅色的小花。
2. Turquois 是土耳其玉，色綠藍。

在濕氣瀰漫的晨曦中飛翔
那是我妹妹
是我已逝的妹妹
因為哥哥來了 所以才那樣悲傷啼叫
（雖然那大致上是錯謬的
但也不能斷言全錯）
是那樣悲戚地啼叫
在晨光中飛翔
（不是清晨的陽光
似乎是熟了因而疲累的過午時分）
但那也是由於整夜步行而產生的
vague[3]的銀的錯覺
（我今晨確實看見那壓扁融化的黃金液體
從藍色的夢之北上山地[4]升起）
為何那兩隻鳥的啼聲
聽來那樣哀傷

3. Vague，朦朧的，模糊不清的。

4. 北上山地位於岩手縣東邊，跨及宮城縣和青森縣。又稱北上高地。

當我失去拯救的力量之時
也失去我的妹妹
是因為那悲哀的緣故
（昨夜在柏樹的月明之
今朝在鈴蘭的花叢裡
不知幾多回　我呼喚其名
然後不知是何許人的聲音
從無人荒野的盡頭回應
嘲笑我）
雖然是因為那悲哀的緣故
但那聲音也真是哀傷
此時兩隻鳥白閃閃地翻飛
要降落到那邊的濕地，綠色的蘆葦叢裡
但牠們似降非降　又飛了起來
（在日本武尊[5]的新陵墓前
后妃們趴伏著悲嘆

5.日本武尊是日本古代史上的神話英雄。

假如那兒偶然飛來白頸鶴
就把牠當成武尊的靈魂
邊被蘆葦刮傷腳
邊沿著海岸　隨之而去）
清原[6]笑笑地站著
（被太陽曬得發亮的　真正的農村孩子
那菩薩般的頭形是從犍陀羅[7]來的）
水閃閃發光　是美麗的銀之水
﹇來吧　那兒有水喔
漱漱口讓自己清爽些再走吧
因為這裡是如此美麗的原野﹈

6.與詩人同行的人名。

7.犍陀羅是曾經位於阿富汗東部和巴基斯坦西北部的一個古國，在公元前三世紀到公元五世紀，前後七、八百年間盛行佛教。

——青森輓歌

當火車在如此暗夜的原野之中前行時
車窗全變為水族館的窗
（冷漠木然的電線桿行列
　好像忙碌地移著位
　火車奔馳在銀河系的玲瓏透鏡
　巨大的氫氣蘋果裡）
奔馳在蘋果裡
但這裡究竟是什麼車站
立著以枕木燒製而成的柵欄
（八月的　夜的寂靜的　寒天凝膠）
有橫擔[1]的一列柱子
只是以懷念的陰影構成
點著兩盞黃燈
不但看不見

1. 橫擔是指電線桿的橫擔，位於電線桿頂部，橫向固定，用以支撐電線。

長得高而蒼白的站長的黃銅棒[2]
事實上　連站長的影子也沒有
我的火車應該正往北行駛
但在此處卻往南奔馳
到處倒著燒木樁製成的柵欄
遠處黃色的地平線
那是讓啤酒酵母沉澱
混雜在怪異的夜之熱浪
以及寂寥的心意的明滅
水藍色河川的水藍色車站
　（正是那可怕的水藍色的空虛）
火車的逆行是渴望的同時相反性
我必須盡快
從如此寂寥的幻想浮上來
那裡充滿了藍孔雀的羽毛
充滿了黃銅那看似睏了的脂肪酸

2. 黃銅棒是一種昔時火車站用來作為通行的證物。

車廂的五個電燈
終究被冰冷地液化
　（由於苦痛與疲勞
　　我盡量不去想起
　　必須想起的事）

今天過午時分
在亮晃晃的雲之下
我們簡直像傻瓜似地
又拉又壓那個重重的紅色壓水機
我是那穿著黃色衣服的隊長
所以睏了也是沒辦法
　（喔　妳這匆忙的旅伴呵
　　請不要急著離開這裡
　〔小學一年級　德國的小一生〕
　　究竟是誰
突然丟來那樣的惡聲喊叫

但是　是小一生
在過了夜半的現在
還這樣睜大眼睛的
是德國的小一生）
她是否獨自一人
經過如此寂寥的車站呢
是否獨自一人寂寞地走往
那不知前往何處的方向
走向那條不知進入何種世界的道路呢
（是草　是沼澤
是一株樹）
「吉兒[3]變得蒼白　坐著唷」
「雖然眼睛睜得這～麼大
但是好像完全看不到我們唷」
「蛇啊　紅著眼　目不轉睛
就這樣慢慢縮小了牠的圈圈」

3.賢治幻想中的名字。

「噓，切斷蛇的圓圈　喂　把手伸出來」
「吉兒　好像既蒼白又透明的樣子唷」
「很多鳥啊，就像播種時那樣
　快速飛過天空
　但是吉兒卻保持沉默」
「那時　太陽公公是很奇怪的半透明黃褐色」
「吉兒都不看我們
　我真的很傷心」
「剛才在野慈姑[4]那兒太吵鬧了」
「為什麼吉兒都不看我們呢
　難道她忘了我們　明明曾經那樣一起玩過」
必須想起來的事
就必須把它想起來
大家都稱敏子死了
依照那說法
敏子去哪兒了根本不知道

4.野慈姑（Sagittaria trifolia），又名剪刀草、三腳剪、水芋。是生長在水溝或水田等處的多年草。

那是無法以我們的空間方向揣測的地方
若要去感受無法感受的方向
任誰都會頭暈
「嗡嗡耳鳴　完全聽不見了啦」[5]
撒嬌般那樣說了之後
她的眼睛確實可以清楚見到
自己的周遭
卻聽不見她所眷戀的人們的聲音
突然間　呼吸停了脈搏也不跳了
接著　當我飛奔過去時
那美麗的眼睛
像在索求什麼似的　空洞地轉動著
已經再也看不見我們所在的空間
之後　她感受到什麼呢
大概見到了我們這世界的幻影
聽見我們這世界的幻聽吧

5.推測是敏子臨終前說的話，方言。

當我在她的耳邊
從遠方取來聲音
用盡全力　用盡全力呼喊
天空和愛和蘋果以及風，一切能量的快樂根源
萬象同歸的那極為美妙的生物之名[6]的時候
她像在點頭似地呼吸了兩遍
動了動那又白又尖的下巴和臉頰
看起來就像是　我們小時候常常在玩鬧時
所做的那種表情
但她確實點頭了
　　〔海克爾博士[7]！
　　　我可以負責
　　　那個難能可貴的證明[8]的任務〕
從假寐的硅酸[9]的雲裡來
那簡直要凍僵我的卑劣的叫聲……
（跨越宗谷海峽的晚上

6. 亦即唱題，賢治與妹妹敏子共同信仰的《南無妙法蓮華經》。

7. 海克爾（Ernst Heinrich Philipp August Haeckel, 1834-1919），德國人，唯物論的生物學家、博物學家、一元論哲學家。

8. 證明妹妹還聽得見。

9. 硅酸是白色。

我徹夜站在甲板
頭毫無防備地籠罩在陰濕的霧裡
身體則充滿了骯髒的願望
接著　我真的要挑戰）
確實那時點頭了
而且因為一直到隔天早晨之前
胸口都還保持溫熱
所以即使在我們說她死了　然後哭泣之後
敏子或許還能感受到這個世界的身體
在遠離了發燒與病痛的淺眠之中
夢見了在這兒所夢到的夢
由於那些安靜的夢幻
將延續到下一世
我由衷懇切祈願
那夢幻都明亮且芳香
那夢中的一個片段

真的朦朦朧朧地進入了
　由於看護與悲傷而疲累地睡著的
甌希葛子[10]她們的黎明裡
〔黃色的花呀　我也來摘吧〕[11]
那個黎明
敏子確實還在這世上的夢裡
獨自一人一邊走在
被落葉之風所堆疊的原野
一邊就像是別人的事似地喃喃自語
然後　就那樣變成
寂寞森林裡的一隻鳥了嗎
是否邊從風中聆聽 l'estudiantina[12]
邊在有水流的黑暗森林中悲戚吟唱
然後飛去了呢
又是否在沒多久之後與
像那裡的小螺旋槳似地發出聲音飛過來的新朋友們

10. 甌希葛子是賢治的二妹名字的音譯。

11. 敏子在夢裡說的話，方言。

12. l'estudiantina是「學生樂隊圓舞曲」之意，但日文翻譯為〈女学生〉，是法國作曲家耶米爾・華德托菲（Emile Waldteufel, 1837-1915）的作品。

一起邊唱著純真的歌
一邊傍徨無依地飛去了呢
　我無論如何都不那麼認為
為何互通信息不被容許
是被容許的，而且我所收到的信息
與母親在夏天照顧妹妹的晚上所夢到的是一樣的
為何我不認為事實就是那樣呢
那些人世間的夢漸漸模糊
感受到天空拂曉的薔薇色
感受到新鮮而清爽的感官
感受到日光裡似煙般的薄紗
閃閃發光　微笑著穿過
交錯於華麗的雲
和冰涼氣味之間的光束
往我們稱之為上方的那個不可思議的方向
一邊驚訝於那就是那樣

一邊比大循環的風還要清爽地上升
我甚至可以追尋那蹤跡
遠眺那裡藍色的寂靜的湖水水面
對於湖面太平坦　太光輝
和未知的全反射的方法
以及正確映照出幽幽閃爍　搖動的樹的行列
這些事感到奇怪
沒多久就知道那是
自然而然被磨亮的天的琉璃地面　而心顫
繩條狀流洩而來的天的樂音
還有穿戴上瓔珞和奇特的薄紗
沒有步行卻靜靜地來回
巨大的裸足生物們
久遠的模糊記憶裡的花香
妳是否靜靜前往那些情境當中了呢
或者　在聽不見我們的聲音之後

在那兒看見暗紅色的既深邃又可憎的空洞
有意識的蛋白質碎裂時所發出的聲音
亞硫酸和笑氣[13]的味道
如果在那兒看到這些
她將會蒼白地站在那裡面
也不知是站著還是踉蹌站不穩
把手放在臉頰　像夢本身一樣站著
或許一個人嘆息著這麼說……
（我現在感受到這樣的事物
到底是不是真的
所謂的我　看到這樣的事物
究竟可不可能
但我真的正在看）
我如此寂寞的想法
全都是因為夜晚才出現的
若黎明來臨往海岸去

13. 一氧化二氮，又稱笑氣。

而且又是波光粼粼的話
或許一切都是好的
但是敏子去世的事
現在我認為那不是夢
而是不得不重新感到驚嚇的
過於嚴重的現實
雖然當感受太過於新鮮時
將之概念化
是為了不要讓自己成為狂人的
生物體的一種自衛作用
但也不能老是維持這樣的狀態
她在真的失去了這裡的感官之後
重新得到怎樣的身體
感受到怎樣的感官
我思索這件事　不知思索了幾遍
藉由往昔以來多數的實驗

俱舍[14]就像剛才那樣述說
不可再重複這件事
表面是軟玉[15]與銀的單子[16]
充滿了從半月湧現的濃霧
月光遍布暈染
到了卷積雲的中心處
它變成奇特的螢光板
最後散發出奇特的蘋果味
甚至滑順地穿透冰冷的玻璃窗
並非因為是青森[17]
大致上當月接近這樣的拂曉時分
進入卷積雲的時候……
〔喂喂，那臉色有點蒼白喔〕
給我閉嘴
我妹妹去世時的容顏
是蒼白還是黑色

14 佛教論書。五世紀時，印度的世親所著《阿毘達摩俱舍論》的略稱，其中〈分別世品第三〉論及有情眾生轉生的過渡期「中陰身」的諸相。

15. 軟玉是玉的一種，有白色、暗綠色等。

16. 單子（Monad）是構成宇宙的形而上學的單純實體。

17. 地名。

豈容你這傢伙置喙
不管她往哪裡墜落
都已經屬於無上道
充滿力量在那兒前進的
不管是什麼空間都會勇敢飛身而入
東方的鋼就快亮起來
真的　若是今天的……昨天的白天的話
我們就會把那個又重又紅的壓水機……

「再說一件事給你聽吧
喂　事實上啊
那時的眼睛是白色的
沒辦法馬上入睡喔」

還在說嗎
都快天亮了還在說
一切都像真的有似地存在著
像在閃耀似地閃耀之物

你的武器和所有東西
對你而言又黑又可怕
但真如是既快樂又明朗的
（因為大家從古早以前就是兄弟
所以絕不能只為一個人祈禱）
啊　我絕對沒有那樣做
在她去世之後的日日夜夜
我認為我連一次都不曾那樣祈禱
祈禱只有她一人去美好的地方就好
從來不曾

——不貪慾戒

穿著油紙雨衣[1]騎著淋濕的馬
在冰冷的風景裡，緩步行進於陰暗的森林陰影
或是和緩的環狀剝蝕[2]山丘　紅色的芒草穗之間
這樣的事很愜意
撐開多面角的洋傘
到鎮上買砂糖粉
也是極新鮮的企畫
　（嘰啦Ｋ囉嘰啦Ｋ囉[3]　白臉山雀）
　　被稱做稻的　粗糙的草的群落的顏色
是　甚至連泰納[4]也可能會想要的
沙拉的顏色
若依照慈雲尊者[5]的說法
這景色就是不貪慾戒的風景
　（嘰啦Ｋ囉嘰啦Ｋ囉[6]　白臉山雀

1.昔時以油紙做成的雨衣。

2.地表的組成物質因為自然營力，透過風化、塊體崩移等侵蝕搬運作用，造成地表的高度降低的過程稱為剝蝕。

3.白臉山雀的叫聲。

4.英國畫家泰納（Joseph Mallord William Turner, 1775-1851）。泰納喜歡從大自然產生的動人心魄的效果中汲取靈感，包括暴風雨、極端惡劣或美妙的天氣，尤其是光的效果。評論家約翰．魯斯金描述他：「能驚心動魄地、真實地掌握大自然的脈搏」。

5.慈雲尊者是江戶時代真言宗的僧侶（1718-1805），代表作《十善法語》中的〈十善戒〉即包含不貪慾戒。

6.白臉山雀的叫聲。

那時的高等遊民[7]
是現在穩健的執政官）
咕嘟咕嘟噴出寂寞的　陰暗的山
防火線[8]所閃現的灰色等等
若依照慈雲尊者的說法
也是不貪慾戒的風景

7. 高等遊民是明治末年到昭和初期的用語，指受過高等教育，但沒有定職，自由生活的人。

8. 為防止山上的火勢延燒，以土堆高的防線。

——風景與音樂盒

充滿清爽的水果香
雲　正不斷奔馳在
被冰過的　銀製的薄暮天空
有一匹馬慢慢地
從黑曜檜木[1]或絲柏之中走來
一個農夫乘坐其上
當然農夫的一半身體
溶入了樹叢和那裡銀的原子裡
而且自己也覺得溶化無所謂
和頭大大的曖昧的馬一起慢慢過來
垂著頭老實的粗野的南部馬[2]
在又黑又巨大的松倉山[3]這側
一個點狀的天竺牡丹[4]複合體
那電燈的企畫

1. 黑曜檜木，黑曜是指黑曜石，用來形容檜木，所以黑曜檜木指的是像黑曜石的檜木。

2. 南部馬是指岩手、青森、秋田地方所產的日本馬，體格大且強健。

3. 松倉山是岩手縣的山，位於花卷以西。

4. 天竺牡丹是花的名稱。

實在是九月的寶石
我將綠色的番茄
贈給那電燈的獻策者
濕滑的路
剛塗上木餾油的欄杆
還有兩條電線也在贗品的虛無之中發亮
這些風景都被深深地透明化
水在下方轟隆隆流去
黑天鵝的胸毛團塊
飛翔在薄暮天空的清爽的銀與蘋果之中
　〔啊　月亮要露臉了〕
被真正銳利的秋之粉以及
玻璃邊端的雲之稜角所研磨
紫磨銀彩[5]色　且又尖又亮的六日的月
橋的欄杆還滿滿沾附著雨滴
啊　這懷念的湧現

5. 紫磨金是泛紫色的純金，取紫磨二字修飾銀彩，所以紫磨銀彩就是泛紫色的銀彩。

水是沉穩的膠質
我在如此過於透明的景色裡
就算被　從松倉山或五間森[6]粗野的石英安山岩的火山栓
被派出來的剽悍刺客
暗殺也無所謂
　（因為我確實砍掉那樹木）
　（杉樹的頂端暗黑　刺入天之碗）
只要風把口哨扯下一半帶過來
　（可憐的二重感覺裝置）
我就會看見古印度的青草
那沖撞山崖的水
像蔥一樣橫向偏離
風　吹得那樣巧妙
半月的表面被吹得很乾淨
也因此我的洋傘
短暫啪嗒啪嗒發出聲響之後

6. 五間森是岩手縣的山，位於花卷南溫泉峽左岸。

就倒到橋板上了
松倉山松倉山　尖尖聳立在漆黑的惡魔泛紅深銀色的天空
電燈像是相當成熟了
風若這樣吹
真的就是吹拂而來的劫[7]的初始之風
一片漂浮在天空的拂曉的動機[8]
從電線與可怕的玉髓[9]之雲的碎片
浮出不知名的大大的藍色星星
　（是幾次的戀愛的補償）
那樣可怕的紅黃色的雲和
我的外衣都翻飛著
　（轉動音樂盒　轉動音樂盒）
月　突然變成兩個
形成盲目的黑暈　飄過光面的一群雲
　（息怒啊息怒啊　五間森
　　就算樹被砍也要息怒）

7.劫是佛教用語，表示極長的時間。
8.動機（motif），音樂用語。
9.玉髓是礦物名。

——火藥與紙鈔

芒草穗紅澄澄地排列著
雲比喀什噶爾[1]產的蘋果果肉還冰涼
鳥一同飛起
撒落拉格泰姆音樂[2]的音符
　在　以燒古枕木蓋成的
　黑色的保線[3]小屋的秋之中
　一個四面體聚形[4]的勞工
　正在用美國風的鍍錫罐
　搓揉麵粉
鳥　又是一把，從天空被撒下
一同在冰涼的雲層下方散開來
這回巧妙利用重力法則
聚集到遠方的吉利亞克[5]
　紅色礙子[6]上的

1. 喀什噶爾是中國西域的地名。
2. 十九世紀末到二十世紀初在美國流行的音樂風格，早期的爵士樂。
3. 「保線」意指「確保鐵道安全」。
4. 四面體聚形，是形狀名，這裡形容結實粗壯。
5. 吉利亞克在庫頁島北部以及黑龍江下游，有原住民族吉利亞克人（現稱尼夫赫人）居住。
6. 絕緣礙子，泛指用於輸電系統之中，連接電線桿、鐵塔與傳輸高壓電的懸掛電纜之間的絕緣體裝置。

那些可憐的麻雀
只要吹口哨　再吸口新鮮濃厚的空氣
　任誰都會同情麻雀
不但每座森林都在群青中哭泣
松林樹的雜草苔蘚斑駁錯落
酸性土壤也已來到十月
　我的衣服也完全 thread-bare[7]
　那邊那個健壯的土木工人
　從那陰影之中打噴嚏
宛如冰河流入大海似地
許多白雲之流
正傾注入枯萎的原野
　因此平常絕對看不到的
　小小的三角形前山等等
　也清晰泛白浮現
栗子樹梢的馬賽克

7.原文英文，破舊之意。

以及鍍錫工藝品的柳葉
水畔堅硬的黃色榲桲[8]結實纍纍
以致樹枝折裂
（這回如果撒下去的話⋯⋯
　哼，就像白臉山雀那樣）
當雲捲縮　閃爍發光的時候
我若能戴上大帽子
大方走在原野
除此之外別無所求
火藥和燐[9]和大張紙鈔都不想要

8.榲桲是水果名，色黃，像蘋果。
9.製作火柴的原料。

——過去情炎

截斷的樹根滲出樹液
邊嗅著新的腐植土的味道
邊在光彩絢爛的雨後景致裡工作
我是移民的清教徒[1]
雲飄移不定地奔馳
梨樹的葉子上有一條條精巧的葉脈
果樹短枝上　水滴變成透鏡
收攝納容了天空和樹木以及一切景象
我祈願　當我把這裡挖成環形的時候
那水滴不要滴落
因為清除這株小刺槐之後
我將鄭重地蹲下來　將唇貼近它
穿著折領襯衫和破舊外套
若像是在打什麼壞主意似地　一邊故意抬頭挺胸
卻一邊窺視那邊的話

1.十七世紀前半有一部分英國的清教徒移民到美國。以此史實比喻，並非真正移民。

或許看起來會像個大壞蛋
但我想我會被原諒
一切全都不可靠
什麼都不能信賴
在這些現象的世界裡
那不可靠的性質
卻變成這麼美麗的露
還將頹萎了的西南衛矛小樹
染成　從紅色到溫柔的月光色
奢華的紡織品
刺槐已被挖除
那麼我現在就要滿意地放下鐵鋤
像是要去見等待著我的戀人似地
從容大方笑著往那樹下去
但那是一個情炎
已是水藍色的過去

一本木野[1]

松樹忽然變得明亮
原野豁然開展
一望無垠一望無垠　枯草在陽光下燃燒
電線桿整齊排列出白色的絕緣礙子[2]
令人覺得簡直延續到貝林格市[3]
一片澄澈的海藍天空
以及被淨化者的願望
落葉松重新煥發活力而萌芽
幻聽的透明雲雀
七時雨[4]的綠色起伏
也在心象之中起伏
一叢柳樹林
窩瓦河[5]岸邊那柳樹
隱身於天碗的孔雀石

1. 一本木野是地名，位於岩手山東南方，小岩井農場東北方的原野。
2. 絕緣礙子是用於輸電系統的絕緣體裝置。
3. 貝林格市是賢治幻想中位於極北的都市。
4. 七時雨指的是七時雨山，位於岩手山北北東。
5. 窩瓦河位於俄羅斯西南部，是歐洲最長的河，也是世界最長的內流河。

藥師山[6]那茶紅色的既嚴峻又尖銳的隆起
火口的雪刻在每個縐摺
鞍掛山的敏銳之角
往藍空撐舉星雲
　（喂　柏樹
　　你的綽號叫做
　　山的香菸樹　是真的嗎）
在這麼明亮的穹蒼與草地之中
悠然步行半日
實在是無法形容的恩惠
我願意以礫刑換取這恩惠
與戀人見上一面不也是如此嗎
　（喂　山的香菸樹
　　如果你跳太奇怪的舞
　　會被說是未來派[7]喔）
我是森林和原野的戀人

6. 藥師山就是在「東岩手火山」一詩也有出現的東岩手火山最高峰，藥師外輪山，整體顏色呈現茶紅色。

7. 未來派（Futurism）起源於二十世紀初的義大利，為一股遍布文學、視覺藝術、建築與音樂領域的前衛藝術運動，最初是由義大利詩人馬里內蒂（Filippo Tommaso Marinetti, 1878-1944）在一九〇九年於法國的《費加羅日報》上發表〈未來主義宣言〉而引發，日本在其後也有受到影響。

當我沙沙穿行於蘆葦之間
不只恭謹折好的綠色書信
不知何時就會放在口袋裡
而且只要走在森林暗處
手肘和長褲就會充滿
新月形嘴唇的痕跡

——伊哈托布[1]的冰霧

因為今天早上初次出現凜冽冰霧
大家連楹桲或其他東西都拿出來歡迎

1. 詳見〈宮澤賢治關鍵語彙小辭典〉。

——冬天與銀河車站

天空中　小鳥如灰塵般飛舞
晃動的蜃景和藍色的希臘文字
忙亂地在原野的雪燃燒
結凍的水珠
從釜石街道[1]的檜木燦燦落下
銀河站的遠方號誌
今天早晨也鮮紅地沉澱著
即使河裡接連不斷流淌著流冰
大家還是腳蹬橡膠長筒靴
身穿狐狸或狗的皮衣
逛逛賣陶器的路邊攤
品評垂掛的章魚
正是那熱鬧的土沢[2]的冬季市集日
（赤楊與耀眼的雲的酒精

1. 釜石街道是岩手縣中南部的道路名。

2. 花卷市地名，現今的「土沢商店街」仍會時而舉辦熱鬧的活動，數年前在土沢建立了本詩的詩碑。

槲寄生[3]的黃金終端[4]
　也可以在那裡幽幽閃爍）
啊，Josef Pasternack[5]所指揮的
這個冬天的銀河輕便鐵道[6]
穿越層層疊疊柔美的流冰
（電線桿的紅色絕緣礙子和松樹森林）
掛著贗品的金牌
凜然張著茶色眼瞳
在冰冷蔚藍的天碗之下
晴朗的雪之台地奔馳
（窗玻璃上鳳尾草形狀的冰
　漸漸變成白色蒸氣）
釜石街道檜木上的水珠燃燒
從樹上全面灑落
被水珠彈起來的綠枝
與紅寶石黃寶石以及各色光譜
簡直就像是市場般熱絡的交易

3. 植物名。寄生在別的樹上，團狀。
4. 或許是指槲寄生的淺黃色球狀果實。
5. Josef Pasternack（1881-1940），美國指揮家。
6. 銀河輕便鐵道係指「岩手輕便鐵道」。

2

《春天與修羅》第二集

——創作期間：約為一九二四—一九二五

——序

這一卷
是我在岩手縣花卷的
農學校工作四年[1]之中
從後兩年的手記中收集而來的
這四年對我而言
實在是既愉快又開朗的時光
近代文明蓬勃興盛以來
前輩們無意識的受薪者同盟會[2]
或許多少也有欺瞞
但總之展現了巨大的效果
以不斷的努力與團結
所獲致的成果
我以每天僅僅二至四小時開朗愉快的授課
以及兩小時左右輕鬆的實習

1. 賢治從一九二一年十二月三日到一九二六年三月三十一日止，在花卷農學校任教。
2. 受薪者同盟會（Salarymen's Union），從事改善待遇的運動。

就被保障了　對我而言相當高額的薪資
而且近距離的火車也能自由乘坐
膠鞋或粗條紋的襯衫等等也可自由選擇
也可以請我喜愛的孩子們吃飯
我享有那樣安穩的待遇
但是慢慢地
我漸漸習慣那種生活
有　多少過度計算了大家所擁有的衣服件數以及
每餐能攝取的蛋白質的量等等之嫌
而今回望這支離殘破的景況
雖然有些自以為是的歌劇演員之感
但也相當令我懷念
因此首先就順著友人藤原嘉藤治[3]
菊池武雄[4]等人的勸說
也姑且將這一卷獻到各位面前
雖然確實要獻出

3. 藤原嘉藤治（1896-1977）是花卷高等女學校的音樂老師，賢治的至友，賢治去世後也曾參與賢治全集的編輯。

4. 菊池武雄（1894-1974）是透過藤原嘉藤治介紹而與賢治結識的好友，是美術老師，畫家，《多所要求的餐廳》初版的插圖是他受賢治委託所畫。

但我想這回這位出版者
大概也會虧本吧
因此雖然實在是不敬
但凡我所敬愛的諸位支持者
為我寄信或雜誌來
或為我在某些地方寫各式各樣的文字
雖然像是在擺架子
仍想盡量婉拒
因為我始終愛好孤獨
厭惡濕熱的感情
萬一期待我做更多工作的人
邀我成為同人
或是向我催稿件或催收現金[5]
我都想懇求　莫像這樣讓我苦惱
我確實是個寒磣之人
但是不但自己種田

5.此處原文為「集金郵便」，是日本郵局在一九四〇年之前的一種制度。郵局接受民眾委託，以委託民眾所交託的「現金受領證書」或證券等，代替委託民眾向應付現金的對象催收現金。

冬天也到處開設掛著麻袋的水稻肥料設計事務所
比起我們相約做一番大事
我滿腦子想的都是稍微下等的工作
因此即使那樣請求也沒什麼
北上川只要氾濫一次
就有一百萬隻老鼠喪命
那些老鼠們在存活的每一天
每一隻都訴說著與我所說類似的話

——五輪峠[1]

叫做宇部什麼來著？……
宇部與左衛門[2]？……
好古老的名字啊
　並非有誰在何時
　將下了一遍又一遍的雪踩硬
　小徑就蜿蜒環繞樹林
就算是地主
所擁有的土地也只有在你的部落裡吧
原野那邊也有土地嗎
　……只有在部落裡……
那麼也擁有山林囉
　……聽說有十公頃之多……
所以才每天穿著平紋綢衣
在坑爐邊緣敲煙管

1. 岩手縣境內的山名，詳見〈宮澤賢治關鍵語彙小辭典〉。
2. 人名。

裝出一副政治家的模樣啊
那沒多久就沒落啦
即使是現在　資產也是負數吧
　　對面是岩石與松樹的高處
　　在那左邊　空蕩蕩開展著陰暗的雨雪天空
那裡是第二座山嗎
還有三座嗎
　　在空蕩蕩陰暗的雨雪天空的右邊
　　有幾棵松樹
　　樹叢充滿陰鬱之氣
　　孤伶伶立於其中的
　　正是古老的五輪之塔[3]
　　長滿青苔的花崗岩的古老五輪之塔
啊　就是因為
這裡有五輪之塔
所以才叫做五輪峠呀

3. 五輪之塔是從下而上，分別以方形／圓形／三角形／半月形／寶珠形的石塊來象徵構成萬物要素的地輪／水輪／火輪／風輪／空輪的塔。

我直到剛才都還以為
共有五座山
大概叫做地輪峠　水輪峠　空輪峠吧
因為沒帶地圖就來了啊
　那弄錯了的五座山峰
　在遠方某處降雪的天空
　幽幽閃爍藍色光芒
　快失去光芒又再度閃爍
這分類法不錯啊
把物質全都歸到電子[4]
若將電子稱做真空異相
那就和現在沒有任何不同
　宇部五右衛門閉起眼睛
　宇部五右衛門沒有意識
　也沒有宇部五右衛門的靈魂
　但是如果在真空的

4.電子是帶有負電的亞原子粒子。

這一側或某一側
宇部五右衛門到目前為止都認為
這就是我
那樣的現象
萬一在一瞬間發生
那裡還是會有個類似的傢伙
認為這就是我
且當做那種情況很多
彼此說　我是我
彼此說　那是雲
彼此說　這是土
那樣的事並非不可能
那裡是別的五輪之塔

啊

那是什麼
　此刻展現在眼前的黑暗之地
正是北上的平野[5]

5. 北上平野位於岩手縣西部，是北上川流域的盆地，又稱北上盆地。

連接著淡墨色的雲
被酵母的雪下得朦朧
是海與滿溢的藍與銀的平原
到對面的雲為止似乎都是原野
那一帶是水沢[6]嗎
你家在哪兒呢
是不是在那邊的山丘背面
剛才的宇部五右衛門
還在敲著煙管
這裡也開始紛紛飄落細雪
像塵　像灰一般飄落
杜鵑和枹櫟的灌木
黝黑的蛇紋岩
都一同變得斑駁錯落

6.岩手縣的地名。

「從遼楊[1]樹下」

從遼楊樹下
突然揚起水花
由於飛濺到月光裡
本來以為是狐狸
原來是那原始的水搗杵[2]
旁邊也有小小的村舍
大概在搗小米或是什麼吧
水滔滔流下
低聲噴出藍色火光
杵漸漸下降
水流下又上揚
與其說是搗杵　不如說是一葉扁舟
與其說是扁舟　不如說是一支匙子
水撲簌簌地藍藍地流　搗杵又在運轉

1. 遼楊是楊柳科楊屬的植物，多生長在河岸。

2. 水搗杵是利用水力來搗杵的工具。

鈴聲在某處響著
山丘山頂都寂靜
那兒的草的睡意與柔軟
全然是鳥兒的心情
若是白天　鳳尾草的嫩芽
還有櫻花草也綻放著吧
被道路左側的栗子樹林圍繞的
泛紅深銀色的陰影之中
黑乎乎座落著一棟L字形的龐大房屋[3]
掛在睡著的馬兒胸前的鈴鐺
隨著牠的呼吸晃動
馬兒肯定是彎曲著腳
在枯草上香甜酣睡著
我也睏了
某處有啼叫聲宛如鈴鐺的鳥
譬如說　牠的顏色是藍而朦朧的保護色

3.長邊和短邊連成一體的L字形房屋構造，長邊屋主居住，短邊給馬等等動物居住。以岩手縣而言，盛岡市周邊和遠野盆地可以得見。

在對面山丘的陰影處也啼叫著
且在越過月夜層巒疊翠的遠方
峽流也如風般鳴響

——黎明

拂曉了
風的單子[1]互相推擠
東方也變朦朧了
月亮變成崇嚴的麵包樹果實
那香氣也好好被凍結著
如果它華麗地掛在錫色的天空
已衰亡的古老山群之像
就在白色的帶狀雲之上
泛著鼠灰色睏倦地漂浮
又老了一次的北上川[2]
在它那泛綠而朦朧的原野裡
納入支流微微閃亮
在那兒　昨夜的盛岡[3]
弧光燈的點綴

1. 單子（Monad）是哲學上構成宇宙的形而上學的單純實體。

2. 北上川是東北地方最大河川，流經岩手縣與宮城縣。

3. 盛岡是地名，詳見〈宮澤賢治關鍵語彙小辭典〉。

還有鎮上成排的街燈
正芳香酣睡
將要滅亡的最後的極樂鳥
展開尾端的羽毛
喘息似地呼呼沉睡著
那就是持續吃著
這森林以及原野的草
取而代之地　吐出砂糖和木棉
溫柔的化身之鳥
　　而且我要在那兒誓言
　一個不變的愛
叢林中的鶯頻頻叫著
殘雪微弱發出光芒

——北上山地[1]之春

〔1〕

雪鞋與黃麻纖維的綁腿
白樺揚起火焰
如果噴出又熱又酸的樹液
孩子們就唱老鷹之歌
收穫狐狸的毛皮
形狀像打製石斧的柱子行列
被煤煙燻得發亮
又高又陡的閣樓
此時充滿早餐的藍煙
像大教堂的穹頂
一線光芒照射著
那嬌媚的光象之底
在冰冷的春天的馬廄

1. 以岩手縣東部為中心，跨及青森縣和宮城縣的山地，又稱北上高地。

枯草和雪的反射
馬兒眷戀明亮的山丘之風
蹄聲勾兜勾兜

〔2〕
穿著淺黃與深藍的呢絨羅紗
柳樹噴出蜜之花
鳥兒在群丘之間飛翔
馬兒令人不解地趕著路
　喘息熱呼呼的盎格魯阿拉伯馬[2]
閃閃發亮　精瘦的純種馬[3]
風的透明楔形文字
吹動粗硬又陰暗的胡桃樹枝而發出聲響
若是再搖晃粗榧[4]和細竹
　閃動著一簇簇白色馬尾的重挽馬[5]
或者像巨大的蜥蜴似地

2. 盎格魯阿拉伯馬（Anglo-Arabian），馬的品種。
3. 純種馬（Thoroughbred），馬的品種。
4. 粗榧（Cephalotaxus drupacea），樹名。
5. 重挽馬是馬的品種。

在日光裡航海的哈克尼馬[6]
馬就陸陸續續出現
啃咬泥灰岩的稜角
爬上朦朧的融雪水流
孔雀之石的天空下
熱鬧的光之市場
被帶往種馬檢查所[7]

〔3〕
馨香的南風
乘載著蜻蜓和藍色的雲
如果滑過平坦的草
豬牙花[8]的花和葉子的斑點都燃燒
挑起黑色有機肥料的籠子
頭上裝扮著黃色或橙色的布
大家一整列爬上來

6. 哈克尼馬（Hackney），是馬車用的最高級品種。

7. 種馬檢查所當時位於現今盛岡市東北邊的蛇塚外山，現在已經不存在。

8. 豬牙花是多年生草本植物，其鱗莖可以加工製為片栗粉（日本太白粉）。

來到馨香的山丘頂附近
樹梢長著黃金終端[9]的
大大的栗子樹的樹蔭下
藉由尚未消融的銀色的雪
冷卻燃燒的臉頰和頸脖

而我
要把這石竹色[10]的時節
算做第幾個辛酸的春天才好呢

9. 黃金終端或許是指栗子樹的樹梢結的栗子果。

10. 石竹花是淡紅色，所以石竹色就是淡紅色。

「如果穿過這座森林」

如果穿過這座森林
路就回到剛才的水車處
鳥刺耳地叫著
確實是遷徙的斑鶇群
因為一整夜　銀河的南端
時而爆發白光熠熠閃爍
時而閃現大群螢火蟲飛舞
而且風不斷吹搖著樹
鳥兒無法平靜入睡
才會那般狂亂喧鬧吧
但是
我才剛踏進森林裡一步而已
如此激昂
如此更加激昂地

簡直像是驟雨般地鳴叫
多奇怪的傢伙們呀
這裡是羅漢柏[1]的森林
從那一根根漆黑的樹枝之間
天空四處的碎片
以各式姿態顫動著呼吸著
就像是送來
所有年代的光的目錄
……因為鳥太喧鬧
所以我茫然呆站著……
路　微白地往彼方流去
泛紅而朦朧的火星
從樹叢的一個低窪處升起
兩隻鳥不知何時悄悄飛來
清脆響亮地嘎吱嘎吱叫　然後飛走
啊　風兒吹拂　送來溫暖以及銀的分子

1. 羅漢柏是一種長綠喬木。

傳送所有四面體[2]的感觸
螢火蟲更加紛亂地飛
鳥啼比雨聲更頻繁
我從森林盡頭的盡頭
聽見亡妹的聲音
……儘管那已經不是那樣
因為任何人都一樣
所以也不必重新思考……
青草的濕熱與檜木的氣味
鳥又開始更加喧鬧起來
為何那樣喧鬧
即使往田裡引水的人們
拖著腳步走在森林周圍
或是南方天空屢屢出現流星
都沒什麼危險
可以安靜入睡無妨的

2. 四面體是由四個三角形面組成的多面體。

——北上川流動熒氣

（北上川[1]流動熒氣
山巒遮擋正午的思睡）
從南邊的松樹林
冒出微微的黃色的煙
（這邊的路比較好不是嗎）
（那裡有奇特的鳥！）
（哪裡）
猶如稻草戴上了魔術師的眼鏡所見
天空被明亮的孔雀石板鋪貼的這個白天
在俯視河川的高壓線上
真的在思索的那隻鳥
（哈哈，那是翡翠鳥
翡翠鳥啦　眼珠子紅紅的
啊　咪基阿，今天也好熱喔）

1.北上川是東北地方最大河川，流經宮城縣和岩手縣。

（什麼呀　什麼咪基阿呀）

（是牠的名字唷

ミ[2]這個字取其背部的平滑

チ[3]這個字取其喙尖尖的模樣

ア[4]這個字就是暱稱吧）

（那　瑪麗亞[5]的 ア 也是暱稱嗎？）

（哈哈哈，你竟敢這樣問

聖母會那樣告誡你

然後等待聖誕節）

（聖誕節的話每天都是啊

受難日也同樣每天都是

因為新的基督

有千人以上

甚至萬人以上）

（哈哈哈　你這傢伙……）

翡翠鳥還是靜靜不動

2.原文「ミ」，發音同「咪」。

3.原文「チ」，發音近似「基」。

4.原文「ア」，發音同「阿」。

5.原文「マリア」。

注視著河川的湛藍

（……那麼這樣說如何呢
說我哥哥是沒用的東西）
（什麼呀）
（啊　等等
我哥是沒用的東西
腳沒力氣　不能走路
張著嘴巴飛翔是牠的本事
名字叫夜鷹）
（有趣耶　那是怎麼回事啊？）
（啊　等等
而且弟弟也是卑鄙的傢伙
繞著花兒咪——咪——叫著
吸花蜜……嗯，吸花蜜……）
（很拿手？）
（不）

（是牠最自豪的事？）

（不，嗯

吸花蜜是牠白天一整天的工作

名字叫做蜂雀）

（有趣耶　那是怎麼回事啊？）

（你認為我是誰呢？）

（不曉得耶）

（停在那邊

眼神凜然的小姐）

（翡翠鳥？）

（嗯　差不多）

（夜鷹是牠的哥哥？）

（是啊）

（蜂雀是弟弟）

（是啊

首先　這件事有寫在女子學校的書

或你的其他書本裡喔）
（不知道耶）
這會兒　日本瑪絹金龜[6]一聯隊
從毛當歸[7]
月光色的繖形花
往藍色高空飛舞而上
（哇　好大的金鳳花[8]！）
（喂　那是月見草吧）
（哈哈哈哈）
（學名叫什麼啊）
（講到學名就麻煩了吧）
（可是　用一般的名稱
就不知道它是什麼屬之類的）
（叫 Oenothera lamarckiana）
（那麼就是拉馬克[9]發現的囉）
（若說是一種發現　形狀就有點大喔）

6.日本瑪絹金龜身體大約8-9.5mm，黑色或暗紅褐色。

7.毛當歸是多年生草本植物。

8.金鳳花（butter cup）。

9.拉馬克（Jean-Baptiste Lamarck, 1744-1829）是法國十九世紀著名的博物學者。

兩隻篦鷺從燕麥的白鈴上
　飛渡而來
（某處正在燒李子樹）
（那兒的松樹林裡
　正在燒著木炭之類的東西）
（不是木炭窯　是瓦窯喔）
（可以看看燒瓦的地方嗎？）
（可以吧）

樹林裡　輕煙冉冉　光束映射
窯的深處　火是純白的
屋頂上
一隻鶫鳥頻頻叫著
（唉呀
　我全身沾滿了月見草的花粉啦）
　　玉蟬花靜靜地燃燒

「夜的濕氣與風寂寞地混合」

夜的濕氣與風寂寞地混合
松樹與柳樹的樹林暗黑
天空充滿幽暗的業[1]之花瓣
我由於記錄了諸神之名
正打著寒顫　猛烈顫抖著

1. 業是佛教用語。

——旅程幻想

走過漁獲稀少以及旱災之後的荒涼景象
越過沿海的
許多山峰
穿過芒草的原野
一個人來到這裡
在這荒廢的河原之砂的
微弱陽光下打盹兒的此時
肩膀和背脊都發寒的
某種不安感
好像是由於在最後的燧石板岩的山頂上
我打開放牧用的木柵欄
那片以枹櫟[1]製成的門扉之後沒有關上
就急著趕路的關係
那光亮而冰冷的天空

1.樹名。

以及長著槲寄生的栗子樹等等也浮現眼前
在那河上層層的雲
以及冰冷的日光格柵裡
不知名的大鳥
正低聲幽微咕嚕咕嚕啼叫著

——從未來圈來的影子

風雪暴烈
且今天又有嚴重的坍方
……為何那般接連不斷無休無止
　要按響結凍了的汽笛嗎……
從陰影和可怕的煙霧之中
臉色蒼白的人踉蹌現身
那是從冰的未來圈被拋擲而來的
不由得戰慄的　我的影子

——關於山的黎明之童話風構想

不但有冰涼的明膠[1]的霧
也有燃燒的桃紅色棉花糖
抹上偃松[2]綠茶的卡斯提拉[3]
平滑而易碎的綠色和茶色蛇紋岩
古式的金米糖[4]
還有 wavellite[5]的奶油
日本鐵杉[6]是以綠色粗砂糖做成
其樹梢邊端
全都附著著葡萄乾[7]
從深山茴香[8]的香料
到蜂蜜和各式香精
碧眼的蜜蜂也顫動其間
然後如何呢
只要風一吹　風一吹

1.明膠是從動物的骨頭或結締組織提煉出來，淡黃色透明，無味的膠質，通常用做食物、藥物等的膠凝劑。

2.偃松是常綠針葉樹。

3.卡斯提拉是長崎蛋糕。

4.金米糖是小小的球形，有凹凸的日本糖果。

5.Wavellite 是銀星石，色綠。

6.日本鐵杉 Tsuga diversifolia 是日本固有種，常綠針葉樹。

7.葡萄乾或指日本鐵杉的毬果，其毬果是咖啡色。

8.深山茴香是生長在高山岩石地帶的多年草。

傾斜的一整面釣鐘草花朵上
亮閃閃　亮閃閃
露珠再度美麗閃爍
連我都恍神了……
蒼藍滿溢的伊哈托布[9]的孩子們
大家一起前往這個天上的
被裝飾好的餐桌吧
愉快地燃起熱情來享用這聖餐吧
若問我是否也確實在享用
其實我從剛才就邊吞口水　邊享用
這一帶冰涼的濃霧果凍
實際上我就像惡魔似地
只要是漂亮的東西　不管是岩石還是什麼都吃
且不管是此刻正從那兒的岩石方格
極為閃耀炫目地熔化了的
黃金輪寶[10]升起的景象

9. 詳見〈宮澤賢治關鍵語彙小辭典〉。

10. 輪寶是佛教語，金輪寶之意。

或是那景象變成巨大的銀燈之後
在白雲中翻滾
都是很值得欣賞的美麗景色
喔　蔚藍地舒展開來的伊哈托布的孩子們
如果讀畢格林或是安徒生
就自己用蒲草編織裹腿
買木紙[11]的白色帽子
來攀爬這座聳立在無底的蒼藍空氣深淵
巨大的點心之塔吧

11. 木紙是將衫樹或檜木削薄後做成的薄木片或是紙。

——告別

你的低音提琴三連音
你大概不知道
它發出怎樣的聲音
那充滿了純樸與希望的快樂
幾乎使我像草葉般顫動
如果你能夠清楚知道且自由地隨時使用
那些音的特性
以及那了不起的無數的序列的話
那你就連既辛苦又榮耀的天上的工作都會做吧
就像西洋著名的音樂家們
在幼齡時期就已經拿著弦樂器或鍵盤樂器
自成一家一樣
你在那時候
也已經拿著這個國家的皮革鼓樂器和

以竹做成的管樂器
現在在與你年齡相近的人當中
擁有你的素質和能力的人
在城鎮和村莊的一萬人之中
大概會有五個人吧
但是那五個人在五年之中
全都會喪失那素質和能力
為了生活而被損耗磨損
是自己把它丟卻的
所有的才華能力資質
並不是會一直停留在人身上的東西
甚至人也不會永遠停留在人的身邊
我還沒有說
四月的時候將離開學校
恐怕要走上又暗又險峻的路吧
如果在那之後　你現在的能力鈍掉

失去漂亮的音的正確音調與其明亮度
而無法再度恢復的話
我就不再看你
為什麼呢　因為我最討厭
只要會那麼一點兒工作
就安逸下來的
那種多數人
如果你
好好給我聽著
思慕一位溫柔的姑娘　到那時候
你身上就會出現無數影與光的形象
你得把它化成樂音
當大家在城鎮生活
一整天都在玩樂的時候
你得一個人割那石原[1]的草
得用那寂寞創作樂音

1. 石原是有很多小石的平地。

要咀嚼那許多的侮辱和窮苦
然後歌唱
如果沒有樂器
聽著　因為你是我的弟子
就使盡全力彈奏
充滿天空的
以光做成的管風琴

3

《春天與修羅》第三集

——創作期間：約為一九二六——一九二八

——村姑

掠過田地的鳥之影
綠油油光亮的山之稜

手握緊雪菜的莖
一邊聆聽著雲雀與河川
一邊陶然恍惚與人談話

——春

當陽光照耀鳥兒啼叫
四處的枹櫟樹林
也煙朦之時
我今後將會有
嘎吱嘎吱叫的　髒髒的手掌

——饗宴

喀吡喀吡嚼著酸黃瓜
大家正喝著酒
……土橋在陰天的上午完成
　碎木片燃燒之後藍藍的煙
　此時開始飄到整面稻田
　在那堰堤邊緣的杉樹與枹櫟
　雨嘩啦嘩啦傾注而下……
大家正喝著從地主或是沒有去服勞役的人們那兒
收集過來的酒
……忘我了
　迷迷糊糊說著稻子的種類
　這裡是天山北路嗎……
剛才被叫去
搬了十趟紅砂石

臉浮腫且看起來羸弱的孩子
正坐在大家背後的木地板房間
吃麵線
（你不是說　只要栽種紫雲英就可以採收稻米嗎
但是都只有採到稻草，沒用啦）[1]
孩子停止吃麵線
往這邊窺視了一眼

1.原詩此處是方言。

——煙

煙從上游的
磚瓦工廠的煙囪
纏連著雲
在那　開展於腳下的
藍白色頁岩盤[1]
尋找又尖又長的胡桃化石
從微濁的咕噥嘟囔的水中
擷取古時野獸的足跡
在兩個夏天期間
每個實習結束的下午
都和學生們如此愉快地遊玩
但是現在每座山四面八方都陰暗
一整個全破產
從磚瓦工廠的煙囪冒煙出來

1. 此處的頁岩盤指「英國海岸」，詳見〈宮澤賢治關鍵語彙小辭典〉。

到底是在燒什麼呀
黑煙不斷冒出來
暈染著飄滿白雲的天空
連白金色的天際
都漸漸變窄縮小

——白菜田

整面田地的沙土覆滿了霜
有收分曲線[1]的柱子行列
全都拖曳著水藍色的影子
在十幾個晝夜
因生病而苦悶的期間
在如此冰冷的空氣之中
千顆芝罘白菜[2]
變成了幾乎要綻裂開來的砲彈
七百顆包頭連[3]
變成漂亮的麵包形狀
因為這裡不但是渡過碼頭的人
全都會經過的地方
而且只要沿著河　哪裡都到得了
也能到山崖

1. 收分曲線是建築學術語，指建築構造中，出於美學上的考量，而對柱、樑等構件從底端起的某一比例起始砍削出緩和的曲線至頂端，使構件外形顯得豐滿柔和的處理手法。
2. 芝罘白菜是白菜的品種。
3. 包頭連是白菜的品種。

所以大家都說
在這裡種蔬菜大概會被偷吧
但是　沒有人偷
季節一到　自然而然就成熟
不但早晨鋪覆著純白的霜
早池峰藥師山[4]也已因覆雪而純白
河川時而揚起
像是要爆發似的不定的水蒸氣
持續重複著冒騰與消失
同時不斷漂流著像針一般細細的銀光
就算病了
或者就算死了
河川還是會繼續為存活的人
繼續流淌
多美好的事啊
而此處是多寂靜的田地啊

4.早池峰和藥師山都是岩手縣的山名。

只是在我拉著兩輪拖車
進來這片沙土田地之後
都還沒聽見任何聲音
或者只是因為聽不見吧
一大團水蒸氣
此時正飄過太陽的正面
因此柱子行列的藍影隨之消失
沙子也變陰暗了

——實驗室小景

（在這樣的地方啊）
　燒杯、燒瓶、本生燈
（一直站在這石灰泥上）
　暖爐自己嘀咕著
　黃色時鐘也一拐一拐擺動著它的跛腳
（好多玻璃的敖包[1]呀）
（那是逆流冷卻器）
（好大的杯子啊）
（怎麼樣　你要不要用來喝杯氫氧化鉀啊）
（哼哼）
　　雪的反射與白楊樹梢
　飄移在天空的是蛋白石的雲
　或是細小的冰的碎片
（若是分析的領域　你什麼都會嗎）

1. 敖包是蒙古語的音譯，意思是石頭堆。用石頭堆得像一座小山，原本用來作為道路和境界的標誌，後來演變成用以祭祀或祈禱。

（是啊　如果是物質方面的話）

（哈哈哈哈　今天好謙虛

簡直像極了牛頓）

（嘿　牛頓是物理耶）

（不管是啥領域　你都只差一步而已

不管是教授或博士

甚至男爵都有可能）

（喂喂　助教在看喔）

　冒出熱騰騰水蒸氣的恆溫裝置[2]

（一點也看不出　春天要來了）

（是啊，但春天來的時候是所有景象一次到位

春天的速度又是另一回事）

（說什麼春天的速度　很奇怪耶）

（你這個文學半吊子大概不懂吧，

本來所謂春天

就是氣象因子的系列唷

2. 恆溫裝置的英文為 Thermostat。原文是片假名。

剛開始時　會開出赤楊的細繩[3]
最後飄落八重櫻花
只要花瓣飄過某個固定地點
速度就在那裡形成）
（如果談論那樣的事
論文會寫得不像樣喔）
（唉唷，論文簡單啦）

△

（幾點可以一起出去？）
（四點可以）
（已經一小時了）
（啊　你沒有在溫室玩呀
結束以後我會過去看看
助教正在教我）

3. 赤楊樹在初春會先開花，而花是細繩狀。

（好吧　就那麼辦吧
是玄關旁邊那個的房間吧）
（是的
你可以自己進去
但是一定要關門）

——札幌市

在遠方傾斜的灰色光芒
和貨物列車的晃動之中
我將湧上心頭的悲哀
化為片片斷斷的藍色神話
用力揮灑在
開拓紀念的榆樹的廣場
但小鳥卻沒有來啄食它

——惡意

初昇山地的旭日
曬著夜裡隨風飄來的烏雲
以致早晨變得極為陰暗
今天的遊樂園設計[1]
就用那惡魔狀的雲的邊緣的
鼠灰色與紅色吧
張著嘴的魚形的金魚草
或是粗俗的天藍繡球花
就用那樣的植物吧
在這個連食物都匱乏的縣
投入一百萬以上的經費
終究打造出魔窟
這就是符合那裡的色調

1. 指花卷溫泉南斜花壇周邊的遊樂園的設計。

「那裡的田啊」

那裡的田啊
以那種類而言氮肥過多
所以乾脆斷水吧
就不做第三次除草了
……那個專心從田埂跑過來的
在青苗田裡擦汗的孩子……
沒殘留磷酸吧？
全用掉了嗎？
那麼　如果這天候
再持續五天的話
就把那垂葉
像這樣的垂葉
全部拔除
……頻頻點頭擦汗的那個孩子

來參加冬季講習的時候
雖然已經工作一年以上
那時還擁有燦爛的蘋果般的笑容
但現在已經由於日曬與辛苦流汗
以及幾晚的失眠而憔悴……

然後　聽著喔
這個月底如果那稻子
長到比你的胸口還高的高度
以襯衫上面的扣子做基準唷
就把葉尖全部割掉
……不是只有汗水
也正擦著淚吧……
你自己構思設計出來的田地
我也全部看了喔
陸羽一三二號[1]啊
你種得很好

1.陸羽一三二號是稻的品種。

不但肥料一點也不會不均勻
還非常強韌地茁壯成長著
還有硫酸銨也是你自己播的吧
雖然大家有各種說法
但其實一點也不需要擔心那稻子
如果以十公畝的耕地來講
可以說已經確定　會有三石二斗的收穫
好好耕作喔
今後真正的學習呀
可不是一邊打網球
一邊從　以教學營生的老師那兒
因著義理而受教
而是像你這樣
在暴風雪之中或在些許的工作空檔
一邊哭泣
一邊進行猶如刻進身體般的踏實學習

沒多久就會迅速冒出強壯的根芽

且根芽有無限伸展的可能

那才是今後新的學問的起始

那麼再會了

……透明的力量

從雲　從風

傳遞給那孩子吧……

——原野的師父

在倒下的稻子與芒草穗之間
渡過閃耀著白色光芒的水
在這雷與雲之中
師父啊　當我來拜訪您
您總是端坐在邊廊
聆聽著天空與原野的動靜
在每天的日出與日沒
割除幾乎像座小山那樣數量的草
冬天也穿著手工編織的麻
經過七十年
您的背部比松樹渾圓
您的手指凍僵
您的額頭刻印雨水和太陽
以及所有辛苦的圖像

您的眼瞳比洞穴空虛
這個原野和天空所有的樣態形姿
您都了然於心
那些變化的方向
以及對那些作物的影響
宛如風的語言般
在您的喉嚨被輕聲呢喃
而且您今天的神情
是多麼開朗啊
由於祈願豐收
所以完成兩千份施肥設計
那些稻子現在全都抽穗
只是在近來的花開時節
由於連下四天豪雨
接著今晨又下起雷雨
導致稻子東倒西歪

但只要明天或後天
見得到陽光就會全部挺立起來
大概也能得到期待的結果
若非那樣　每個村莊
今年就還得再度面對晦暗之冬
在這雷雨轟隆聲之中說話
並沒有意義
所以我只是默默站著
松樹和毛白楊的樹林上
冉冉飄曳著幾縷雲的尾端
堤岸的水呈現灰色
一層又一層湧溢著
且您的神情
沒有任何不安且開朗
有別於您在前年夏天的乾旱期間
抬頭仰望天空時的神情

我現在充滿自信
要再去巡視村莊
當我離去之時
您的額頭上
瞬間浮現不確定之雲
但接著再度變開朗
要推測您那不確定之雲是為何物
恐怕數以百計其原因
絞盡腦汁終究不可得知
師父啊 如果那不定之雲
與　僅僅修習口耳之學
像鳥一般輕佻的我
有關係的話
師父啊　那就請使盡您的眼力
以及您所有的聽力
正視我的眼睛

傾聽我的呼吸
即使我穿著舊舊的白麻洋服
帶著破爛的絲綢洋傘
我仍然是
倚靠諸佛菩薩的護持
願以生命守護
您每天早晨所持誦的
法華經壽量品[1]的人
那麼　師父啊
何等的天鼓轟響
何等的光之淨化
就讓我默默地
向您行道別之禮

1.〈如來壽量品〉第十六，《妙法蓮華經》第十六章。詳見〈宮澤賢治關鍵語彙小辭典〉。

——和風吹遍河谷

稻子終於挺立起來
完全就是生物
完全就是精巧的機械
稻子全部一齊挺立起來了
下雨的時候　引頸期盼的稻穗尖
現在開出小白花
紅蜻蜓也翩翩飛舞在
靜謐的琥珀色向陽處

啊
從南方　從西南
和風吹遍河谷
濡溼汗水的襯衫若乾
熱烘烘的額頭和眼瞼也會冷卻
所有辛苦都有收穫

七月的時候　稻子分蘗分得很好
預示了豐收的秋
但在這個八月的中旬
共計有十二天紅色朝霞
還有六天濕度九十度
導致莖稈萎弱且只是徒長
雖然冒出穗也長出花
但終究接二連三倒在
昨天的豪雨之中
在倒下的稻子上方
像是來弔慰似的冰冷的霧
在雨滴之中籠罩著倒下的稻子
啊　大自然太令人意外
而且太直率了
原本認為機率微乎其微
但可怕的開花期的雨

就那樣直襲而來
盡全力栽種的稻子
很快全部倒下
但是另一方面
原本認為幾乎不會挺立起來的稻子
卻也由於一些製作苗的方法的差異
以及施予磷酸的方法
今天竟然全部一齊挺立起來
從埋藏在森林的地平線
從藍光閃爍的死火山列
風　掠過一整面稻田
還使得栗子樹的葉片閃閃發亮
此時　清爽的蒸散
以及透明樹液的移轉
啊　我們在曠野裡
在看起來像是蘆葦般強勁地沙沙作響的稻田裡

即使像素朴的古代諸神那般
手舞足蹈　手舞足蹈　也不足以表達喜悅

「不要再工作了」

不要再工作了
丟掉鐵耙吧
由於這半個月來的陰天以及
今天早晨猛烈的雷雨
我設計肥料
負有責任的所有稻子
接二連三全倒下了
工作的卑鄙情事
並非只存在工廠
特別是胡亂做事
來蒙混掩飾不安的
卑劣行為
……但是啊
黑色的死亡群像在西邊重新湧現

春天的時候
那甚至稱作戀愛
一般不都是那樣認為嗎……
好吧　那就先回去
打電話給氣象站
做好全身溼透的準備
牢牢捆緊頭部出門去
去好好面對
臉色發青　僵硬緊繃的許多面容
去熱情懇切地激勵農民
回答他們　不管用任何手段
我都會賠償　走吧

4

《春天與修羅》第三集補遺

——會下的雨就是會下

會下的雨就是會下
會倒的稻就是會倒
就算只有百分之一的可能性
現在出現在眼前
不管是什麼結果
我無處遁逃
……春天時　看起來不但像是希望的行列
甚至被認為是戀愛本身的
鼠灰色的雲群……

丟掉鐵耙
在這開花期
持續下的一百毫升的雨
是如何讓那些設計倒下的
張大眼睛去看　走吧

去面對許多僵硬緊繃的面容
以及責難的激動眼神
回答他們　我不惜申請保險理賠作為賠償　走吧

5

詩筆記

——創作期間：約為一九二六—一九二七

「今天是一整天明亮熱鬧的下雪天」

今天是一整天明亮熱鬧的下雪天
過午之後
又大又重的腳步聲
好多次經過
我家周圍
我每次都
告訴自己
是已經一年沒有回我信的你來訪了
且那不只是你的
也確實是我們的腳步聲
那是因為
積在樹梢上的盈盈白雪
飄落了雪地

若降雪　昨日中午的惡檜木
挺直站成菩薩姿

「排列出黑與白細胞的所有順序」

排列出黑細胞與白細胞的所有順序
細胞將之感受為細胞本身
那是意識之流
而由於細胞又是由許多電子系的順序形成
因此終究所謂的我　是我本身
作為我　所感受的電子系的某個系統

「無論被說什麼」

無論被說什麼
我就是樹枝上充滿了
亮晶晶的水珠
冰冷的水滴
以及透明雨滴的
幼嫩的山茱萸樹

「辛夷花開」

在這辛夷花開
雲朵一片片漂浮的
巨大的海參山[1]邊際
有一個紅色的擦傷傷痕
那正是我有參與製作花壇的
花卷溫泉的遊樂園

1. 形狀像海參的山。

——寄予學生諸君[1]

斷章一

這四年來
　　我不知有多快樂
我每天
　　像鳥兒似的在教室歌唱度過
我發誓
　　我從不曾
　　由於這工作感到疲累過

斷章二

（他們全都離開我們了。
他們擁有好的遺傳和出身
以及所有的設備和休養

1. 本詩是尚未完成的作品，但仍然值得譯出。

但這裡只有汗水以及暴風雪間歇期間的
扭曲時間以及粗野的嚮導
他們擁有一百的速度
我們連十的力量都沒有
什麼會從這黑暗之中拯救我們呢
燃燒所有的疲勞和煩惱
改變所有願望的型態吧）

斷章三

像新鮮的風　像清爽的星雲
透明而愉快的明天會來臨
諸君啊　深藍色的北上山地的某個稜角
迅速改變其形狀
原野上的草突然倍增其高度
新的樹木和花的群落
、

、
、
、
、

斷章四

諸君啊　當深藍色的地平線膨脹升高之時
諸君希望沉沒其中嗎
諸君真的必須是那地平線上
所有形狀的山岳

斷章五

サキノハカ、、、
（約九個字留白）來[2]
那是一束被送來的光線
是被決定的南風，

2.此二行意思不明。

諸君希望被這個時代強迫 被率領
像奴隸一樣忍耐屈從嗎
諸君啊 你們反倒要創造出更新更正確的時代
宇宙不斷地依據我們而變化
潮汐和風，
藉著用盡所有自然的力量往前進一步
諸君在形成新的自然上面必須努力

斷章六

新時代的哥白尼[3]呵
從過於沉重的重力法則
解放這個銀河系統吧

新時代的達爾文呵
要去搭乘挑戰者號[4]
也要去銀河系以外的空間

3.哥白尼（Nicolas Copernicus, 1473-1543）波蘭數學家、天文學家。

4.英國皇家海軍艦艇挑戰者號（Challenger），曾於一八七二年到一八七六年進行著名的海洋探險。

展示給我們看　更透明深刻且正確的地球史
以及被增訂的生物學

甚至可以衝動地行動
將所有的農業勞動
藉由冰涼透明的解析
和那藍色影子一起
提升到舞蹈的境界

擁有資質的諸君應該全心專注於逐步推進這些大事
根據粗略的統計
諸君之中至少必有一百個天才

斷章七

新的詩人呵
從暴風雨　從雲朵　從光芒

獲取新的透明能量
暗示人與地球所應採取的型態

新時代的馬克思呵
將這些憑藉盲目衝動而運作的世界
改變為綺麗優美的構成

諸君難道沒有感受到這個颯爽的
從諸君的未來圈吹來的
透明的清潔之風嗎

斷章八

如果僅從今日的歷史和地球史的資料來論說
從我們的祖先乃至於我們
所有的信仰與德性甚至看似只是從誤解產生
且科學至今仍舊晦暗

只向我們保證自殺與自暴自棄

誰比誰如何
誰的工作又怎樣
有談論那種事的時間嗎
來吧　讓我們團結一心
（以下空白）

6

口語詩稿

——會見

（這剛毅的頰骨
果真是古時野武士的子孫
大器的自耕農）
（兒子總常提起的技師
就是這個男的嗎
以為身體更加強韌
什麼都會做
但是以這樣的條件要務農
辛苦的工作絕對做不來
乖乖在鎮上領薪水就好啦）
（如果彼此盯著對方的眼睛看　然後站起來
對方就會漸漸喪失人的分子
感覺像是鹿或什麼圖騰
也像山伏天狗[1]）

1. 山伏是在山中苦修的人。天狗則是傳承自日本民間信仰，傳說中的生物，其裝束類似山伏的裝束。

（大家把米啊味噌等等
帶到寒沢川
晚上就在河邊平原升火過夜
想把很多山菜當做禮物讓他背著帶回去
但他也完全辦不到）
（對方的眼睛在笑
那是往昔被徵召去當砲兵時的
一抹苦澀笑容）
（喝味噌湯　喝味噌湯
在台灣要渡過黃濁的河川
或是天氣悶熱的時候
不管再怎麼麻煩
後勤部都會讓我們喝味噌湯）
（終於把眼睛移開了
像平清盛一樣凜然站著
定睛眺望著南方的地平）

（本來　現在的村莊
能用借的就全借
負擔只有年年增加
僅靠兩成或那兒的收益
誰都沒辦法過活
就算勉強努力　反而全都不行）
（他的眼神寂寞哀怨
我什麼都了解
見到那般落寞的神情
我的心情也只是鬱悶而沉重
事實上　我們兩人就像是
由於遠征而累癱的兵士
默默遠眺雲和蘋果花）

7

疾中

——創作期間：約為一九二八年之後

——用眼睛說

不行吧
停不了啊
因為咕嚕咕嚕湧出來
因為從昨晚就沒睡 血也持續流出來
那兒一片湛藍且寂靜
好像就快死了
但是多麼好的風呵
因為接近清明
才會那樣從蔚藍的天空
湧現似地吹來美好的風呵
紅葉的嫩芽和像毛般的花
捲起像秋草似的波浪
有燒痕的燈心草草席也是藍色的
不知您[1]是否剛從醫學會回來

1.主治醫師佐藤長松博士。

身穿西式禮服大衣
如此認真地為我做各種處置
我即使就這樣死去也不會有怨言
儘管血正在流
還能如此悠哉且不痛苦
是因為魂魄的一半已經離開身體了嗎
只是由於失血的關係
沒辦法說出那個感覺 真糟糕
您看我 大概是相當悽慘的景況
但我能看到的
仍然都是美麗的藍空以及
透明澄澈的風而已

8

補遺詩篇 II

——某個戀情

唉呀這眼睛　可是看了數十年的眼睛唷
可是昨天今天都問答了的那雙眼睛唷
對方也定靜在看著唷
完全就是清純靈魂的本身

「不輸給雨」

不輸給雨
不輸給風
也不輸給雪和夏天的酷熱
擁有強健的身體
沒有慾望
絕不發怒
總是靜靜微笑著
一天吃四杯糙米[1]
味噌和少許蔬菜
所有事情都不考慮自己
好好看仔細聽並且去了解
然後不忘記
住在原野的松樹林蔭下的
小茅草屋

1. 相當於八碗。應考慮當時農務勞動耗費體力，以及配菜少的背景。

若東邊有生病的小孩
就去照護他
若西邊有疲累的母親
就去替她扛稻束
若南邊有瀕死之人
就去告訴他不必害怕
若北邊有人吵架或訴訟
就告訴他們沒意義 算了吧
乾旱時節流淚
冷夏時慌亂地奔走
被大家稱作木偶
不被稱讚
也不讓人感到苦惱
我就是想成為
那樣的人

——月天子

我從孩提時代
在各種雜誌和報紙
看過很多月球的照片
它的表面被凹凹凸凸的火口覆蓋
還清楚看見太陽照射其上
之後也學到 那裡非常冷
以及沒有空氣
我還看過大約三次月蝕
地球的影子映照其上
清楚看見影子滑過去
接著認知到 月球大概是由地球分離出去的天體[1]
最後由於觀測稻作氣候的關係 我與月亮變熟
在盛岡測候所的朋友
——以毫米徑的小望遠鏡

1.可能與達爾文（Sir George Darwin）於一八七九年提出的，認為月球是從地球分裂出去的物質形成的「分裂說」相關。

給我看月球的天體
還告訴我
月亮的軌道和運轉都是依循簡單的公式
而且　喔
我將那天體稱做月天子來敬慕
終究沒有任何不妥
那就像　如果說所謂人指的是人的身體
那樣說就錯了一樣
要不然就說　所謂人
指的是身與心
這樣說也是錯的一樣
再不然　如果說人就等同於心
還是錯謬一樣

因此我將月亮稱為月天子
這也不單是擬人

9

歌曲

——巡星之歌

紅眼珠[1]的天蠍
鷲的展翼
藍眼珠[2]的小犬
光之蛇的曲捲

獵戶座高歌
詠落露與霜
仙女座大星雲的雲
宛如魚嘴形

大熊的腳往北
延伸五倍之處[3]
小熊的額頭上方[4]
就是星空巡迴的中心指標

1. 天蠍座的心宿二。
2. 一說為小犬座的南河三，另一說為大犬座的天狼星。
3. 北極星是星空的中心指標，位於由大熊座 β (Beta) 連到大熊座 α (Alpha)，再延伸五倍之處。
4. 北極星並非就在小熊額頭附近，而是位於小熊的額頭上方對應上去的上方。是以觀星人的視角，不是以小熊的視角而言。

10

文語詩

——創作期間：晚年（謄稿於一九三三年夏天）

——五輪峠[1]

取名五輪峠，乃因地輪水輪與火風[2]，
（點點散綴著雪之巖與松）非因山有五座之故。
陽光旋爍之黑雲，細細巡迴風之道，
生苔古塔之彼方，遼遼綠野也降霙。

1. 岩手縣境內的山名，詳見〈宮澤賢治關鍵語彙小辭典〉。《春天與修羅》第二集裡也有一首同詩名的口語詩。
2. 原詩沒有寫出「空」輪。

——流冰

赤楊[1]高高的樹梢，亮閃閃飄落冰花，
火車正輕輕搖晃，駛過北上川之晨。
遠眺河階台地之雪，河川平緩起伏著，
和著天青石[2]之水，乘載了千百流冰。
啊　你所瞭望的盡頭，天空純藍而澄澈，
曾誓言長相廝守的，那小城煙縷已遠。
一片大風雪刮進，
南邊大原野盡頭。
陽光在水底白閃閃燃燒，
流冰暢快漂流而去。

1. 日本榿木。
2. 天青石是礦物名。色藍。此處意指河水混著像天青石那樣的藍色。

「河川白花花地交會」

走在河川白花花地交會，並激濺起泡沫的河畔，
天空的光芒，彷彿在責備因病疲累的我。

有宿世的胡桃與赤楊毬果的，裂縫的綠泥岩上，
映照出我虛弱影子的，卑下的鬼的模樣。

蒼茫夏風，翻飛草之綠，
也吹拂四處散生的蘆葦叢，編織出奇異的文字。

混濁的河水無止無盡，激越地潺潺流去，
洗滌我求生不能，欲死亦不得的影子。

——烏鴉百態

在覆雪的田埂上
絡繹而行的烏鴉

在覆雪的田地曲身
嘎嘎叫兩聲的烏鴉

在覆雪的田地裡
低頭啄雪的烏鴉

在覆雪田地昂首
環視周遭的烏鴉

在覆雪田的雪上
搖晃走路的烏鴉

走盡覆雪田地
啄著雪的烏鴉

在田的雪之高處
張開了嘴的烏鴉

把喙埋進雪田裡
一動不動的烏鴉

從雪田的枯田埂
輕快飛起的烏鴉

宛若掌舵雪之田
悠哉飛翔的烏鴉

陸續從覆雪田地

往西飛去的烏鴉

被留在雪的田地
張開著腳的烏鴉

往西飛的烏鴉群
恰似芝麻的模樣

——祭日（二）

阿那盧那履拘那履[1]梧桐花睏倦地開著
流行病傳到峽谷村落

那履拘那履阿犂那犂　拿著紅旗子
越過綠草山顛的母親們

那犂兔那犂阿那盧　佛堂的微光
向毘沙門像[2]供奉味噌

阿那盧那履拘那履　天的邪鬼被驅踏
筒鳥鳴遍四方

1. 引自《法華經・陀羅尼品》第二十六中，毘沙門天憐憫眾生所唱誦的陀羅尼咒。以下同。
2. 現今花巻市東和町北成島的「毘沙門堂」境內，有毘沙門天的立像，也有此詩的歌碑。賢治作品中出現的毘沙門天，大部分應源自這裡。供俸味噌是為了祈求健康。

解說

——顧錦芬

賢治長年的摯友藤原嘉藤治先生（一八九六—一九七七）生前從未正式寫過有關賢治的文字，因為他說：

我和宮澤賢治差太多了。要談論宮澤賢治必得由擁有僅次於賢治的體驗、學識、洞察力的人，或是擁有僅次於賢治的水準價值的人來談，才能明瞭賢治的真相。我雖然與他共處約十三、四年，但還是不夠資格談論賢治的全貌以及變化。

多年知己尚且如此，如我輩者何能「解說」？

且如〈譯者序〉所言，有些賢治詩對外國人而言就像是藏在鎖了兩道密碼的寶藏箱裡的寶物，我試著解開第一道，將解開第二道的樂趣保留給讀者，因此〈解說〉並不是要去解開所謂第二道密碼，而是從側面提供有關詩人宮澤賢治及其詩作的背景，還有分享個人讀賢治詩的管窺之見，以及穿插披露一些盛岡和花卷的賢治文學之旅期間與譯詩相關的幕後花絮，願對讀者進入賢治詩的世界有所助益。

宮澤賢治何許人也？

有關賢治的生平概要，已整理在附錄的〈年譜〉，而且年譜裡也有附加一些小軼事，這裡就賢治的生長背景加以說明，並依時間順序組合他的生平小故事，希望建構出立體而有親近感的人物形像。

賢治生於一八九六年（明治二十六年），就在他出生的前兩個月發生了震源在岩手縣外海的三陸大地震海嘯，死亡人數兩萬多人，且出生第五天又發生芮氏規模七·二的陸羽地震，在這麼大的天災前後能夠平安出生與成長，若與日後〈不輸給雨〉成為祈願支持東北地方復興的象徵，還有他對家園的農民鞠躬盡瘁死而後已的燃燒奉獻兩相對照，冥冥之中似乎有著奇妙的巧合，彷彿他就是要出生來守護自己一生熱愛的家鄉。

而賢治生年一八九六年是甲午戰爭結束的次年，日本在各方面都開始蓬勃發展，文壇當紅的有夏目漱石、森鷗外等，同時正值日本兒童文學重要雜誌《紅鳥》（赤い鳥，一九一八—一九三六）創刊與興盛期，宮澤賢治就是生長在這樣的時代背景之下。有生之年雖未獲得主流文壇全面性的青睞，但得到少數慧眼之士的極力推崇，是日本文學史上自成一格至為獨特的作家。

賢治的家鄉岩手縣美麗的大自然是賢治作品極為重要的素材與源泉，〈譯序〉裡提到賢治詩有一部分是即景生情，有不少詩讚嘆歌頌岩手縣大自然或由景物產生哲思，若沒有這些景如何生情？舉凡盛岡附近的岩手山、小岩井農場、四面環山平坦遼闊的花卷近郊等地都令他流連忘返，即使是現在，連新幹線新花卷車站一帶也是能夠遙望遠山遼闊美好的田園風光，如此的自然環境與風土是孕育他的人與作品極為重要的滋養與基底。

據學生與親友形容，賢治的皮膚白皙相貌溫和，非常聰明，腦中常常有各種點子。且從小就是一個有慈悲心的孩子，雖然家境富裕，晚年仍然覺得自己「在這個鄉里被稱為財閥、社會的被告……」對窮人懷有愧疚感，例如家裡開當鋪，若是賢治看店，客人就算拿不值錢的東西上門典當，賢治也會給錢，若父親提出異議，他就說：「我是因為看到人家有困難才給錢，我們家經濟又不困難，所以利息也不要計算了吧！」。另外，雖然他是虔誠佛教徒，但是不會一見人就傳教，吃素也都盡量不麻煩人。

作為教師也是自成一格，他的教學著重啟發，喚起學生自覺，且常常和學生愉快地玩在一起。學生形容，喜愛音樂的賢治會隨著唱片的旋律忘我地跳起舞來，最喜愛貝多芬和巴哈，據說他一聽到音樂，腦中就會浮現許多逼真的情景，感受力想像力極為敏銳豐富。例如某夜他看到學校前面的麥田在月光閃閃發光，就突然跑出去，將近一小時以後，回來對人說：「啊，好累，但是在銀色波浪裡游泳，真是舒爽！」

平日脖子上總是掛著自動鉛筆，以便將所見所思記錄到手札，有時連走路也忙著寫他的心象素描，若沒有在寫，則常邊走路邊低頭沉思，專心到讓人覺得他是不是會撞到人，但是外出走路或登山時腳步卻極快。

賢治的親戚關登久也先生在《宮澤賢治物語》裡提到，有一次和賢治一起去觀賞祭典，只見賢治在遊行隊伍快接近時趕緊拿起掛在脖子上的自動鉛筆，同時取出手札等著，待隊伍一來到面前，馬上迅速地像一隻豹似地振筆疾書，從那速度看起來，不曉得記錄下來的是文字還是神的啟示，寫著寫著，賢治忽然叫了一聲：「糟了！」，原來鉛筆斷了，等賢治再度備好筆，隊伍卻已經離去，這時賢治鬆了一口氣說：「啊，今天沒寫成」。〈東岩手火山〉一詩裡「鉛筆的筆套發亮　手指的黑影迅速移動」就是在描寫他寫心象素描的模樣。

羅須地人協會時期，凡受邀到農民家開講，為免增添主人麻煩，連茶水都婉拒。儘管他一心只為農民奉獻，別無所求，卻有少數人認為賢治只不過是富二代，以一位離職老師之尊能做什麼農事，但賢治對此雖然難過卻未停止他的付出，還做更多努力來讓農民們知道他願意成為一個和他們一樣的真正的農夫，要和他們在一起同甘苦。

例如有一回母親去探望他，天色暗了要他休息吃晚飯了，賢治卻說：「只要附近的農田還有一個人在工作，我就不能先休息。」

家人後來知道他的飲食極為隨便粗糙，有時幾片油豆腐就充當兩餐，有時白飯配醬菜或和鹽巴或沾味噌，母親擔心他的健康，有一回讓么女帶賢治愛吃的紅豆麵疙瘩去給他，賢治看到卻馬上翻臉，嚴厲地說：「請帶回去，以後絕對不要再這樣了！」妹妹只好帶回家，一回家就哭了，讀到這裡，會覺得賢治真是不近人情啊。隔幾天媽媽專程來看他，一邊哭著一邊說妹妹回家哭了的事情，賢治卻說：「哭的人豈只是媽媽和妹妹，妹妹走了以後，我也一個人大聲哭了，但我已經下定決心自立更生，以後請千萬不要再那樣了！」

就這樣一個人在羅須地人協會奮鬥了兩年左右，終於因為過勞和營養不良病倒，只好返家休養，慢慢恢復體力之後，選擇了為「東北碎石工場」推銷石灰的工作，因為石灰可以中和酸性土壤，對農民來說是好事，因此在擔任東北碎石工場技師的時期賣命工作，此所謂賣命，不是副詞而是動詞，因為最後有一回他提著內裝四十公斤重商品樣本的大皮箱，不顧母親的勸阻堅持要到東京出差，果然舟車勞頓一抵達東京就一病不起，在東京的旅館寫下遺書，在父親命令下返回花卷。在離世前兩年的居家休養期間持續寫稿改稿並創作文語詩，么妹クニ回憶大哥在這段期間曾對她說：「就算什麼都是徒勞無用，至少我還有這個（文語詩）」。

一九三三年九月二十日時已患急性肺炎，晚上七點左右，有一位想請教賢治肥料設計的農民來訪，家人原本拒絕，但還是通知了賢治，賢治說那是很重要的事，堅持下樓見客，端坐指導約一小時，家人雖然很擔心，但不能插嘴，好不容易等農民告辭，弟弟清六抱著身體發燙的哥哥上樓休息，賢治說：「今晚的電燈好暗啊。」當晚還指著堆積如山的稿子，告訴弟弟：「這些稿子交給你，如果有哪家小書店來談，也可以發表。」

離世當天上午十一點半，父親問他有什麼話要交代，他很安詳地說：「書櫥裡有詩和童話的原稿，那是我迷惘的痕跡，不必出版。但我要請父親印製一千本國譯法華經，分贈給知己友人……其他的我會再起身自己詳細寫。」就這樣，到下午一點半往生之前再也沒有起身。

深入了解賢治的一生之後，腦中浮起詩中反覆出現的「燃燒」（燃える）二字，彷彿他的胸中總有一把火，驅策著他必得燃燒自己來照亮別人，也想起《銀河鐵道之夜》裡燃燒自己以照亮黑夜的蠍子。就像這樣，若我們依據賢治生平所言所行，總會歸結得到一個清高神聖的偉人形象。

但是依據宮澤和樹先生轉述祖父宮澤清六先生所說，其實不全然是那樣。和樹先生說，賢治本人的個性開朗活潑又風趣，還證實賢治戴著帽子穿著長大衣低頭看地面那張照片，是賢治在模仿他所喜愛的貝多芬，特別請家裡開照相館的學弟帶營業用照相機來幫他拍攝的，所以賢治本人應該不希望被視為聖人偉人，而希望人們從他是一個有血有肉有煩惱的人這樣的角度來閱讀他的作品。以下要介紹的賢治的詩就是可以了解所謂賢治的煩惱的創作文類。

賢治詩概要

賢治詩大致分為短歌、冬之素描、《春天與修羅》出版本、《春天與修羅》第二、三集（從《春天與修羅》第二集以下皆未出版）、手札、筆記、各種口語詩稿、俳句、連句、歌詞、世界語詩稿、文語詩等等，其中比較重要且被探討較多的是生前出版的唯一詩集《春天與修羅》，再來是《春天與修羅》第二、三集，近年來文語詩也漸受重視，然後是其他類別。

因此本詩集譯出大部分的《春天與修羅》，其他項目則斟酌採選較著名或是對於理解賢治有幫助的作品。以下會另起章節說明與賞析最主要的詩集《春天與修羅》和最出名的作品〈不輸給雨〉、〈永訣之朝〉。

有關賢治詩的思想背景或寫作手法等可參照〈宮澤賢治關鍵語彙小辭典〉，這裡補充說明賢治生前一再強調的〈心象素描〉。如〈宮澤賢治關鍵語彙小辭典〉的說明，心象素描是一種謙虛也是一種自負，儘管賢治對於寫成的作品於日後一再推敲改寫，但是若加上親戚關登久也先生對於賢治寫詩方法的描述，那如神啟般的文思泉湧，如豹般的寫作速度，心象素描其實也是一種事實描述，不啻是傳神的名稱。

接著說明賢治在詩中的用語。我們知道賢治專攻農業科學，也知道他從小喜歡收集石頭，觀察礦物，所以科學用語，各種石頭對他而言是非常熟悉的，因此科學用語頻繁出現在詩裡以及直接以各種石頭名稱當作形容詞來修飾名詞就不足為奇。

他又是一個喜愛思索廣泛閱讀的人，中學之前都是成績優秀的學生，到了中學雖然不太讀教科書，卻已經開始讀同齡的學生都看不懂的哲學書，上了農學校之後更加用功，重要的是，他一生都對學習這件事保有高昂的熱情，詩中展現出融會貫通了各種知識的驚人博學就是由於這樣的背景。

另外，他的感受力極為敏銳，我們可以從詩中頻繁出現的，多樣的顏色與光線，還有許多破格不羈卻又精準傳神的形容與比喻看出來，特別是對於光、雲、風等等自然現象的描寫非常之多。

再來簡單說明《春天與修羅》以外的詩或其翻譯緣由。

口語詩稿〈會見〉一詩的翻譯緣由，是由於我在讀中公文庫的《日本の詩歌　１８　宮沢賢治》時發現此詩提到台灣，頓時倍感親切。當我讀到「在台灣要渡過黃濁的河川　或是天氣悶熱的時候」，濁水溪以及台灣的酷暑景象立刻浮上眼前，儘管台灣不是此詩重心，但這恐怕是宮澤賢治與台灣唯一有關連的地方，所以將之納入詩集裡。

〈巡星之歌〉是歌詞，同時也有賢治創作的歌曲，旋律結構單純但非常優美清朗，極符合那廣闊無邊的星空的歌詞意境。

而賢治晚年集中心志創作文語定型詩，藉由將口語自由詩的舊作大幅修改為文語定型詩來回顧整理自己的一生，詩風由主觀與意氣轉變為客觀與沉澱。從他對妹妹說「就算什麼都是徒勞無用，至少我還有文語詩」可以知道晚年的賢治對文語詩的寄望甚高。他努力創作文語詩並謄稿直至去世的前一個月，完成了「文語詩稿五十篇」和「文語詩稿一百篇」，形式是五七調或七五調，字數整齊，使用古語，也使用押韻對句漢詩的方法，稱為「雙四連」，內容大部分是將過去已寫成的短歌、口語自由詩文語化，整體而言有客觀化、虛構化、生活化的傾向。

本詩集收錄的文語詩中有一首〈烏鴉百態〉，其翻譯緣起是由於我去參觀宮澤賢治伊哈托布館（宮沢賢治イーハトーブ館）時，當天一樓剛好有版畫展，我看到一幅以〈烏鴉百態〉製作的版畫，那栩栩如生的烏鴉群令我難忘，而且原詩的確將每一隻烏鴉描寫得躍然紙上，乃決定將該詩納入，翻譯時也特別留意中文字數的工整。

還有一首文語詩〈祭日（二）〉也有翻譯緣由。當我去花卷時，留意到觀光地圖上標記了「毘沙門天立像」，遂驅車前往，目的是要親眼瞧瞧童話〈滑床山之熊〉裡所描述的小十郎的手到底有多大，因為〈滑床山之熊〉裡形容小十郎的「手掌就像是北島的毘沙門為人治病的手形那樣大且厚」。當我懷著滿滿的好奇心進入毘沙門堂境內，還沒見到毘沙門天立像就先看到〈祭日（二）〉的詩碑，而且為了信徒方便，詩碑旁邊就建造了一座小小的「御味噌奉納堂」，供奉著毘沙門天的足部，原來當地自古以來就有在毘沙門天的足部塗味噌來祈求安康的習俗，這就是〈祭日（二）〉中「向毘沙門像供奉味噌」的背景。而在離詩碑不遠處，有一間以前供奉毘沙門天立像的舊堂，佛桌上供奉著一隻木製的毘沙門天的手，一旁的解說文上說明，只要用這毘沙門天的手碰觸病痛處就有療癒效果，我就入境隨俗恭謹地拿起來，輕輕碰觸我過度使用滑鼠鍵盤而微恙的手腕以及久坐桌前僵硬的臂膀，其時我也豁然開朗，終於了解〈滑床山之熊〉裡有關「毘沙門為人治病的手形」的描寫，原來毘沙門是這樣為人治病。至於造訪初衷的那個疑惑，當然也得到解答，毘沙門天的手真的很大，大約是一般人的手的兩倍長三倍厚。

《春天與修羅》

一九二四年擔任農校教師期間出版的《春天與修羅》，是賢治生前自編出版的唯一一本詩集，是他從一九二四年的前六七年前開始構思，而集中於〈序〉中所言的，從一九二二年一月起的二十二個月內創作出來的心象素描，出版本的目次在每首詩名的下方都註明寫作日期。賢治原本希望的封面顏色與質地花紋是鋼鐵色的布質粗紋，後來因為材料的關係沒能如願，我想那是「修羅」的顏色，因為在《春天與修羅》詩中有「從心象的灰色鋼鐵……我是一個修羅」，另外〈東岩手火山〉中也有「我現在看起來應該像一個　有著鐵灰色背影的修羅」這樣的詩句。

日本近代著名詩人高村光太郎說：

胸懷宇宙者，無論身處多麼偏遠處，總是能超越地方性而存在。內心沒有宇宙者，無論身處多麼核心的文化之地，也只是一個地方性的存在。岩手縣花卷的詩人宮澤賢治就是罕見的胸懷宇宙之人。他所謂的伊哈托布，就是藉由他內心的宇宙所表達出

來的　這世界全部。

同時形容《春天與修羅》是「詩魂龐大，親密且泉源性的一個宇宙的存在」。

一九二四年《春天與修羅》出版當年七月的讀賣新聞刊載了具有慧眼的思想家兼翻譯家辻潤（一八八四—一九四四）激賞賢治的文章。他說：

時代與流行與人氣如何和他一點關連都沒有。……宮澤賢治是哪裡人、幾歲、是做什麼的人我完全不知道。……我擁有區別真品和贗品的自信。……這位詩人至為獨特。藝術就是獨創性的另一個名稱，其他都是從模仿得來的。……如果我今夏要去阿爾卑斯山，就算忘了帶走《查拉圖斯特拉如是說》也不會忘記帶走《春天與修羅》。

當年，詩刊《日本詩人》的十二月號也刊出詩人佐藤惣之助對《春天與修羅》的推薦文：

這詩集最令我驚艷。因為他的詩完全沒有詩壇一般使用的語彙。不，連文學書籍上的任何一連詞藻都沒有。他用氣象學、礦物學、植物學、地質學寫詩。奇特犀利冷靜無可比擬。是大正十三年度最大的收穫。

同時勉勵新進詩人要有宮澤那樣的原創性。

而後來在讓世人了解賢治作品方面不遺餘力的草野心平，當他第一次讀到《春天與修羅》時就知道宮澤是位不可小覷的人物，大為驚艷且感動。他說：

雖然我不可能懂那些科學用語，但即使不懂還是覺得了解了。其中一個原因是，因為那些科學用語並不是他在寫詩的時候從字典抽出來用的語彙，而只不過是像蔥啦、桌子啦、和尚等等一樣活在他的觀念和生活裡面的日常用語。而那風格奇妙地擁正如〈宮澤賢治關鍵語彙小辭典〉裡所說明，「修羅」常懷妄執，嗔恨，易怒好鬥，但是對照他一生利他的行為，會對他如此自況感到疑惑。我認為這與他純粹善良的心以及自我要求高有關，因為他充分了解真如（まこと）的理想境界，才更容易對達不到理想境界的時候的自己失望，進而產生深切的苦惱，因為他一心求道，所以當人性與佛性兩者之間擺盪的振幅越大苦惱就越深。「春天」，是眼睛所見的美景也是前述的理想境界，「修羅」代表慾望、不安、矛盾、達不到理想時對自己的失望與批判，《春天與修羅》就是對「春天」的讚頌，傾吐「修羅」自我批判的痛苦，描述「春天」與「修羅」對立時所產生的苦惱的紀錄。

我們人在每個階段所關心的思索的事物的重心會改變，同樣的賢治詩的詩風也隨著不同時期而有所演變。

賢治在創作《春天與修羅》出版本的期間可以說是處於生活等各方面都安定的狀態，雖也有單純寫景的詩作，整體而言較為抽象充滿深刻哲思，多偏內心獨白，但自其中最後一首〈冬天與銀河車站〉開始，可以看到詩人的目光開始擴及大眾，納入社會視野，同時從《春天與修羅》第二集以降，其遣詞用字及內容也有漸漸平易淺白的傾向。

《春天與修羅》第二集的創作期間正如其〈序〉中所言，是由在農學校就職的後兩年的手記集結而成，因此大約是在一九二四年到一九二五年之間，與《春天與修羅》同樣是經濟、健康等各方面都安定的時期。雖然沒有到達付印的地步，但是已經統整成冊，封面註明著「心象素描　春天與修羅　第二集　大正十三年／大正十四年」，每首詩也都附加詳細的日期。大體上，詩風與《春天與修羅》近似，但是比較明朗也較有現實感，具有從《春天與修羅》過渡到《春天與修羅》第三集，介於兩者之間的風格。

《春天與修羅》第三集主要收錄的是從一九二六年到一九二八年的詩作，與第二集相同，雖然未付印，但也有統整成冊，封面註明「春天與修羅 第三集 自昭和元年四月至昭和三年七月」，每首詩一樣附加詳細的日期。這段期間就是獨力開創羅須地人協會，為農民奉獻，在生活、精神、經濟等方面都艱困的時期，因此與前兩集的詩風有頗大的差別，文字與內容變得淺白，刻畫出現實生活的艱難與挫折。

《春天與修羅》第三集裡有一首〈饗宴〉，其末尾出現了難解的方言，於是我就決定藉著造訪花卷的機會伺機請教當地人。很幸運地，造訪「不輸給雨詩碑」附近的「同心屋敷」（江戶末期建造的歷史建築）時，當天有免費奉茶活動，有一位當地農夫老伯伯剛好帶來自己栽種的剛燙好的毛豆，要給值班的老奶奶們享用，老奶奶們就招呼我喝茶吃毛豆，老伯伯種的毛豆是我所見過最大顆的、吃過的毛豆裡味道最香甜的，我邊享用毛豆邊抓住機會趕緊拿出詩集請教那處方言，他很靦靦地說自己沒學問啦，但經我懇求他終於說大概是這個意思，所以這處方言是託他的福才順利譯出來的。返台之後，那呼吸伊哈托布的清爽大氣，吸收伊哈托布夢土的養分而茁壯成長的毛豆鮮甜滋味仍令我難忘，而我竟將栽種毛豆的老伯伯與〈原野的師父〉的形象重疊在一起了。

〈不輸給雨〉

賢治詩中最聞名的〈不輸給雨〉，它其實是賢治於去世前兩年左右居家休養期間寫在手札上的自我期許，因為他生前沒有騰稿，更沒有預定公開發表，因此與其說是一首作為文學作品的詩，精確地說是純粹為自己寫的，心中的理想境界。這本手札是在賢治去世的隔年才被發現，當時賢治的至親好友們約在東京聚會，賢治的弟弟　清六先生帶了賢治生前使用的大皮箱與會，席間有人無意中在這個大皮箱的袋子裡發現這本世人稱之為《不輸給雨手札》的手札，呈現在本書的〈不輸給雨〉手稿照片即攝自真本。

此詩是賢治去世前在病中吐露對自己的身心兩面的期許，是他人生最終的最悲切的願望與理想，因為真誠直白所以有力，因為精神可佩所以流傳。

與賢治生長於同時代的著名哲學家谷川徹三先生（一八九五—一九八九）生前大力讚揚賢治與此詩，甚且預言雖然日本近代有許多文學家和賢治一樣去世後才成名，但是沒有一位會像賢治一樣隨著時間的經過越來越有名，還認為賢治是松尾芭蕉以來最卓越的詩人。

而另一方面，宮澤和樹先生在與我面談時強調，〈不輸給雨〉是賢治的理想與自我期許，並不是賢治已經達到的境界，世人不必把賢治聖人化偉人化。

本詩很淺白應不必多做解釋，以下僅就幾處細節說明。

首先是詩名。正如前述，這首詩原本寫在手札，並非打算發表的作品，所以當然沒有詩名，是世人取第一句權充詩名。因為第一句就是「アメニモマケズ」所以這句就成了詩名。「アメ」是「雨」，「ニモ」是助詞，「マケズ」是「不輸」的意思，原本譯成「不畏風雨」，覺得比較有力且有詩意，但翻譯這本詩集的原則是忠實與易懂，所以先剔除「風」字，接著就「不輸」與「不畏」做取捨，後來想想「不輸」「不屈服」和「不畏」「不害怕」還是有微妙的差別，最後決定依照原來句子直譯。

接著說明容易誤會的地方，原文「玄米四合」的「四合」不是四碗，因為「合」的容積大約相當於我們現在煮飯用的量米杯的「杯」，而一杯生米大約可以煮出兩碗飯，所以「玄米四合」大約相當於「四杯糙米」或是「八碗糙米飯」。

另外，「アラユルコトニ　ジブンヲカンジョウニイレズニ」這句裡的「カンジョウ」這個單字的日文漢字，不是「感情」而是「勘定」（計算、考慮之意），所以譯成中文就是「所有事情都不考慮自己」。

最後說明詩中「冷夏時」為何「慌亂地奔走」。對於身處亞熱帶，每年都得忍受炎炎酷暑的台灣人而言，如果真有「冷夏」的話就太好了，但是日本東北地方的「冷夏」可是會嚴重影響農作物收成，一點都不妙，日本東北地方的太平洋沿岸，初夏會吹來濕冷的東北風，而且伴隨著霧和雨，若持續太久，在農業技術還不似現代發達的時代曾因此導致飢荒，詩中的「冷夏時慌亂地奔走」就是基於這樣的天候背景。

〈永訣之朝〉

〈永訣之朝〉的知名度僅次於〈不輸給雨〉，收錄在《春天與修羅》中，是標題為〈無聲慟哭〉詩群（共五首，本詩集譯出四首）的第一首，其後兩首分別是〈松之針〉和〈無聲慟哭〉，這三連作是在描述妹妹敏子去世當天的情景，我於二〇〇三年發表了此三連作的中譯與賞析在《笠》詩雙月刊二三三號（二〇〇三年二月），從那時就感動於迴盪於此詩之中真切而深刻的情感。

敏子從小聰慧過人，在故鄉花卷是出了名的才女，由於和賢治只差兩歲，所以從小感情親密，及長，還幫哥哥的詩作騰稿，以及一同參加《法華經》的讀書會，在信仰方面是最早認同賢治的家人。自日本女子大學畢業後，一九二〇年九月開始擔任母校花卷女學校的教師。

一九二一年九月吐血後離職在家療養，一九二二年七月移到祖父建造的下根子別墅療養，直至十一月十九日回到豐沢町的家。但是家中療養的房間窗戶很高，沒有別墅的採光那麼好，到了秋天又冷，總是掛著蚊帳，擺著屏風，以免風從縫隙鑽進來，所以回家療養以後還是很懷念陽光充足樹木環繞的別墅。因此十一月二十七日臨終當天發著高燒，才會特別拜託哥哥取雨雪進來屋裡給她，希望至少在嚥下最後一口氣之前還能再接觸一次大自然。

敏子將要往生時，賢治在她耳邊唱題《南無妙法蓮華經》，敏子像是有感應似地點了頭。敏子死後，賢治將頭伸入和室的被櫥，叫著「敏子！敏子！」大聲痛哭，沒多久就把敏子的頭放在膝上，幫她梳理久病凌亂的頭髮。第二天清晨，二妹甌希葛子夢到敏子，走在寂寥的原野要摘花，看到對面走來長髮垂肩的敏子走過來，敏子看到甌希葛子就說：「黃色的花呀　我也來摘吧」，這個夢有被寫進〈青森輓歌〉裡。

在中文和日文的字典裡，「慟」的意思都是「過度悲傷，太悲傷」，所以「慟哭」就是「太悲傷地哭泣」，我想「無聲」的悲傷遠比有聲的悲傷痛苦而深沉，那是無法以言語或任何聲音能夠表達與形容的悲哀。

〈永訣之朝〉中，敏子說：「重生為人時　不再如此　只為自己的事痛苦」，其實是在回應父親的話，因為父親見到女兒如此受苦，乃萬般不捨與心疼告訴她：「敏子，一直生病很痛苦吧，下輩子轉世可別再投胎為人！」。父親這段話沒有被寫進詩中，但賢治將妹妹去世當天的情景，還有妹妹此生與父母和哥哥最後的對話和情感交流融入這三首詩中，再加入自己最真實最深刻的感受，才會如此感人。

賢治詩為什麼值得一讀？

曾有人說，得創立一所大學才足以研究賢治，我想這所大學至少必須有文學院、農學院、理學院、藝術學院、外語學院等等……而賢治詩相關的研究專書和研究論文的數量難以計數，探究一首詩的其中一個面向就可以寫成論文，甚至連不知名的短詩在網路上也幾乎都搜尋得到討論，有關賢治文學的研究，日後若有機緣再容我細細介紹。

儘管力有未逮必不周全，仍然在這裡舉出賢治詩吸引我的地方，分享我做為譯者坦率真誠的感想。

清明的哲思

賢治喜歡思考「我」。

不管是《春天與修羅》的〈序〉裡對「我」直觀式的定義，《春天與修羅》裡深切自我批判的「我」，〈排列出黑與白細胞的所有順序〉中，腦神經科學式地分析「我」，都可看出賢治對於探索「我」的興趣。

《春天與修羅》的〈序〉裡這段話就是吸引我翻譯賢治詩的主要動機之一。

所謂　我　的這個現象
是被假設的有機交流電燈的
一抹藍色照明
隨著風景以及大家一起
忙忙碌碌地明滅
就像是真的繼續點著的
因果交流電燈的
一抹藍色照明

詩人沒有說「我」是人子，是農校教師，是作家……更不會說「我」就是名片上的頭銜，他完全清楚終將消逝的軀體、身分、頭銜等等都不是「我」，所以只輕輕道出：「我」，是一個現象，是一抹照明。

李白說「夫天地者，萬物之逆旅也；光陰者，百代之過客也。而浮生若夢……」，天地只是借我們暫住，時間的流逝就像匆匆過客永不停駐，一生恰如夢幻泡影，「我」的肉身雖然真的實際存在於某一段時空，雖然「我」是花卷人，是農校教師……但，這就是全部的真正的「我」？把這些人世間的身份頭銜稱謂全部條列出來就足以說明所謂的「我」？就足以解釋「我」的存在嗎？

所以他用若有似無的「現象」、「照明」來呈現「我」，更說「就像是真的繼續點著」，進一步弱化這抹「照明」的存在感。這樣的說法不但描述了「我」這個肉身來走一遭終究是夢幻的事實，還巧妙點出「我」存在於過去、現在、未來的可能，因為既然「我」並非一個可以觸摸得到的實體，就能夠跳脫時空的制約而存在，因此我不禁要讚嘆賢治這清明澄澈的覺觀智慧。這樣的思維令我想起森鷗外的〈寒山拾得〉，我想像，若世人追問寒山和拾得什麼是「我」，而他倆也願意回答的話，是不是也會這樣形容。

打破現在的具象存在框架的這種四次元思想底流於賢治文學，正由於這樣的澄明，作品才可以穿越時空，在他離世後閱讀賢治文學受到感動的人越來越多。

賢治似乎預知了這樣的演變，因為他在一九二四年一月二十日完成〈序〉之後，很開心地念給弟弟清六聽，同時還說：「我對這篇序有相當的自信，就算日後讓識者讀到也不會難為情。」

四次元

正如在〈宮澤賢治關鍵語彙小辭典〉說明的，「四次元」就是在三次元立體空間加入時間這個要素。當現在的可視的立體空間加入時間以後，時與空，時與時，空與空之間變得可以自由來去，使得賢治作品中的時間是從沒有源頭的過去延伸到無盡的未來，空間則超越地球宇宙浩瀚無邊。

除了從《春天與修羅》的〈序〉：「所有這些命題 作為心象或時間本身的性質 都在第四次延長之中被主張」可以直接看見之外，從〈真空溶媒〉、〈小岩井農場〉、〈過去情炎〉、〈從未來圈來的影子〉等等多數詩作也都可以明顯看出來。

心象素描

心象素描一言以蔽之就是一種「真」的藝術手法。

但是其「真」與寫實主義的「真」又不全然相同，是融合了科學的，精確的，直觀的，如實的，感情的真，以文字素描出映現於心之諸象。

大自然描寫

無法想像賢治若是生長在大都會的水泥叢林，他的創作會是什麼風景。

賢治詩即使已經問世數十年近百年，但是岩手縣的山林、原野、河川、遼闊美麗的大自然，依舊或綠意盎然或白雪皚皚鮮活地存在賢治詩裡。

他的描寫可以細膩到例如像「美麗的露　還將頹萎了的西南衛矛小樹　染成 從紅色到溫柔的月光色　奢華的紡織品」（〈過去情炎〉）這樣，來留住露滴的美，留住小樹那隨著時間流動或各種角度的折射而映現的不同層次的色彩變化，賢治看出太陽和月亮是大自然最佳燈光師，透過收攝納容一切景象的露滴看見在小樹上打出的千變萬化的奢華的燈光效果，用詩句把這樣的動態、這樣的美留住，讓我們可以一再重播這些記錄自然之美的影片。

而廣闊視野的風景則例如「當雲捲縮　閃耀地發光的時候　若能戴上大帽子　大方地走在原野　除此之外我別無所求　火藥和燐和大張紙鈔都不想要」（〈火藥與紙鈔〉）。如此直白地聲明，只要擁有故鄉美麗的大自然，任何威權任何財富都不想要了。他寄託在詩中對家鄉景色與風土的熱愛與禮讚，讓伊哈托布的大自然昇華為永不褪色永不毀朽的，一幅幅美麗的圖畫和一部部動人的紀錄片。

伸縮自如的視點

青木新門所著之《納棺夫日記》（二〇〇九年奧斯卡最佳外語片電影《送行者》的原創素材作品）裡數度提及宮澤賢治，他寫道：

> 宮澤賢治特別了不起的地方是他的視線。當我們以為賢治的視線追逐著微生物世界時，下一瞬間卻移動到太陽系、銀河系、

乃至全宇宙，而剎那間，他的視線又轉移到基本粒子世界。而且那雙眼睛就像變焦鏡頭一樣，擁有從極小到極大隨意調整的機能。

例如〈蠕蟲舞者〉，有一說是對於水窪裡蠕動的孑孓的觀察，詩人對那麼小的生物有那麼豐富的想像與生動的比喻，而對於高掛天際的月亮，他也寫下〈月天子〉來描述對月亮的想像與敬慕，所觀察描寫的焦點小自孓孑，大至一望無垠的原野，高山乃至無邊無際的星空宇宙，近自自我，遠至無窮的彼方，更何況是底流於作品的四次元思想，使得賢治詩的焦點在各個時空都能自在切換。

敏銳的感受力

賢治詩中展現出敏銳無比的感受力隨處可見，例如〈高級的霧〉裡詩人寫道「這未免是太明亮的高級的霧……過於耀眼　耀眼到甚至連空氣都有點痛」。

此詩寫於六月二十七日，描寫初夏陽光燦爛的田園風物，而耀眼到連空氣都有點痛，如此敏銳的感受力真是一絕。

天馬行空的想像力

我們都知道形成賢治童話的前提之一就是天馬行空的想像力，賢治詩之中也有想像力豐富的，例如〈真空溶媒〉在變幻多端的情景之中又穿插故事，使得整首詩讀來奇幻無比，而我認為最能讀出詩人天馬行空想像力的典型就是〈關於山的黎明之童話風構想〉一詩。

詩人使用許多令人垂涎欲滴的食物來比喻「點心之塔」（＝山）上的景物，還用「天上的……餐桌」「聖餐」總括之，不僅色彩鮮豔動人，美不勝收而已，還有一種空靈的美感。

另外，例如〈春天與修羅〉裡的「玉髓之雲」是利用玉髓的顏色來形容雲；〈白菜田〉裡的「河川……不斷漂流著像針一般細細的銀光」是利用一根一根的針那銀閃閃的光芒來呈現河面的波光嶙峋；文語詩〈流冰〉裡的「和著天青石之水」也不是河流裡面有天青石，而意味著混雜了像天青石那種深藍色的河水，凡此種種，詩人在被修飾語的前面都未加上「就像是……」、「好像……」，而是直接大膽地以實體物來呈現他的心象風景，這樣的手法除了激發讀者的想像力，也帶來一種具有震撼魄力的臨場感。

悲天憫人的胸懷

悲天憫人的胸懷可能是賢治最吸引人的特質，不少人因為這個要素對他產生好奇而開始閱讀他，尤其是在個人主義當道的今日，〈不輸給雨〉讓人眼睛一亮。慈悲與利他我們也有，只是有時忘了甦醒，因此當我們知道有一個「木偶」誓願永懷這樣的溫暖與毅力，就像見到了熟悉又陌生的老友。

除了賢治詩知名度排行榜第一名經典級的〈不輸給雨〉之外，還有從〈不要再工作了〉和〈會下的雨就是會下〉可讀出毫無雜質的純粹的利他之心。此外，從〈告別〉、〈寄予學生諸君〉也可讀出他對學生令人動容的真誠的愛與憐惜以及深切的期望與祝福。附帶一提，其中〈告別〉在二〇一五年由日本女子偶像團體桃色幸運草Z主演的青春小說改編電影『幕が上がる』（《幕將升起》）的後半部重要場面被引用而更為人知。

以上是個人淺薄的拙見，最後與讀者分享恩師佐藤伸宏教授論及讀詩的方法與樂趣的一段話，他說：

去挖掘每一個詩的語言所具備的語感和含意，測量其音樂性的效果，同時觸探其喚起力與暗示性，以追尋語言的律動，在那樣的過程之中，詩就會為我們一點一滴灼然展現它豐富的世界。

詩是最凝鍊的語文藝術，它不囉唆又可以很深刻，在紛擾的時代，喧鬧的塵世，輕鬆地靜下心來細細品味賢治詩，放下所有預設與框架，以心象之鏡映現這些心象的素描，相信讀者必能與我一樣從中獲取滋養，並且形構出各自豐富瑰麗的心象世界，讓宮澤賢治不再只是〈不輸給雨〉的作者或是慈悲利他的老友，而是只有你懂的好友。

宮澤賢治關鍵語彙小辭典

本項目是由譯者選出理解賢治其人其作最關鍵的語彙，參照各種相關資料編寫而成，分為「地名」、「人物」、「思想」、「作品相關」四個項目說明，以幫助讀者有效率地順利進入賢治文學的世界。

地名

中文
岩手縣

日文
岩手県（いわてけん）

說明
日本東北地方的縣，東臨太平洋，在日本所有都道府縣之中，面積僅次於北海道，人口有七成以上集中在內陸的北上盆地，除了盆地和沿岸以外，多山和丘陵，是綠意盎然的縣。賢治故鄉所在的縣。

伊哈托布　　イーハトブ

賢治自創的地名，指的是岩手縣，不但將出版的童話集稱做《伊哈托布童話》，詩中也有出現。

在童話集《多所要求的餐廳》的新書廣告宣傳單中，他寫著：「伊哈托布是一個地名。真要追究地點的話，你可以想像那是由大小克勞斯們所耕種的原野，或是與少女愛麗絲所遊歷的鏡子之國相同的世界，迪潘達爾沙漠的遙遠東北，伊凡王國的遙遠東方。事實上，這樣的情景就是實際存在於作者的心象中的夢土日本岩手縣。

在那裡，所有事情都是可能的。人可以一瞬間飛上冰雲，隨著大循環風，到北方旅行，也可以和走在紅色花瓣下的螞蟻說話。甚至連罪惡、悲傷，在那裡都聖潔且美麗地閃耀著。深邃的森林、風與影、月見草、不可思議的都會、一直綿延到貝林格市的電線桿行列，那真是既奇特又快樂的國土。」

花巻　　花巻（はなまき）

位於岩手縣中西部的市，以賢治的故鄉以及花卷溫泉而聞名，位於北上盆地，四面環山，擁有廣闊的大自然景色。賢治生家位於花巻市豐沢町。

目前有宮澤賢治紀念館、宮澤賢治童話村、宮澤賢治伊哈托布館（文學館）、羅須地人協會建物、「不輸給雨」詩碑，林風舍等等諸多與賢治相關的地點。

盛岡　盛岡（もりおか）

岩手縣縣政府所在地，也是賢治的母校盛岡中學校和盛岡高等農林學校（現今岩手大學農學部）所在都市。賢治從十三歲以後在盛岡居住了十年左右。岩手縣的最高峰，位於盛岡西北部的岩手山是賢治喜愛的山。

小岩井農場　小岩井農場（こいわいのうじょう）

創立於一八九一年，是日本最大的民間綜合農場，占地約九百萬坪，位於盛岡市西北方約十二公里，岩手山的南方。

英國海岸　イギリス海岸（かいがん）

位於ＪＲ東北本線的花巻車站東邊約兩公里處的北上川西岸。

賢治將該處命名為英國海岸，是因為枯水期會露出新生代新第三紀鮮新世的泥岩層，有些類似英國的多佛海峽（Strait of Dover），而且在第三紀末期，此處曾是海岸。賢治曾帶學生校外教學，在那裡發現古代動物的足跡，也曾採集到貝類和胡桃的化石。

羅須地人協會

羅須地人協会（らすちじんきょうかい）

賢治在辭去農校教職之後，利用位於現今花卷市櫻町，祖父所建造的別墅作為提升農民生活志業的據點。有學生問賢治什麼是「羅須」，賢治說：「就像把花卷稱做花卷一樣，沒有什麼特別的意義。」賢治指導農民種稻，肥料設計，開設農民講座免費教授科學知識與藝術，交換各自的產品作物，一起欣賞音樂戲劇，只要是農民皆可入會，不用繳交任何費用。

他廢寢忘食指導農民，以提升農作物收成為己任，若農民按照賢治的指導卻因為天候的關係而造成歉收，賢治會登門道歉，外加實質賠償農民的損失。

五輪峠

五輪峠（ごりんとうげ）

位於花卷市南方標高五五六公尺的山。「五輪」原為佛教思想，地水火風空乃萬物構成要素，謂五大，此五大法性之德輪圓具足，故稱五輪。「峠」是山頂之意，因此「五輪峠」是「五輪山」之意。

由於山頂有「五輪塔」，故稱五輪峠。而據說「五輪塔」是在寬永年間武將大內沢屋敷上野的兒子日向為了供養在一五九〇年發生的葛西大崎一揆戰死的父親而建造。

人物

宮澤政次郎

宮澤政次郎（みやざわまさじろう）

賢治的父親（一八七四—一九五七）。生前經營當鋪、舊衣店等。是虔誠的佛教徒，個性嚴謹正直。

長年擔任民生委員，調停委員，生前調解八百件紛爭，獲得藍綬褒章。其調解糾紛的祕訣為「就只是雙方都不說話而已，若是想說的通通都說出來就完了，我只是默默的聽，什麼都不必說」。

親身照顧病中的賢治等等慈父的一面讓賢治終身敬愛，但也會適時理智地克制賢治天馬行空的點子，與賢治在宗教思想與價值觀方面時而對立，然而這嚴父的一面由某個角度看來，反而成為賢治努力的契機與動力。

賢治去世以後，他說：「雖然賢治被世間說成是天才什麼的，但如果連自己人也那樣認為，他的自負傲慢之心不知會飄騰到哪。所以我才想至少自己必須當那條能夠牽制他的韁繩。」

晚年由淨土真宗改為賢治所信仰的日蓮宗，成就了對賢治深切的愛。

宮澤（みやざわ）イチ

賢治的母親（一八七七—一九六三）。出身花卷富有的商家，典型的慈母，天性善良待人慈悲，開朗幽默，也是虔誠的佛教徒。

「人是為了成為世間有用的人而出生的」，這樣的信念與教導影響了日後賢治利他的人生態度。

對賢治日常生活的照顧自是不在話下，每當看到賢治的行動可能損害健康或危及生命，母親總是第一個憂心勸阻的人。

宮澤敏子

宮澤（みやざわ）トシ

賢治的大妹（一八九八—一九二二），與賢治僅相差兩歲。戶籍上的名字為片假名的「トシ」，一般也使用平假名的「とし」或漢字的「敏子」。自日本女子大學校（現今的日本女子大學）畢業後，一九二〇年回母校花卷高等女學校任教，一九二一年九月因病辭職，芳齡二十四歲病逝。一九一九年由東京返花卷療養期間，幫兄長整理短歌，騰稿裝訂成冊。參加賢治主辦的《法華經》讀書會。兩人除了是相知相惜的手足，如同〈無聲慟哭〉中所描寫的，賢治是「與妳（敏子）擁有相同信仰的唯一旅伴」，因此敏子的去世對賢治而言是極大的衝擊。

宮澤清六

宮澤清六（みやざわせいろく）

賢治的弟弟（一九〇四—二〇〇一），與賢治相差八歲。兄弟感情很好，在賢治離世後，盡全力為兄長保存整理遺稿，

並校訂與出版全集等。出版《哥哥的皮箱》（『兄のトランク』，筑摩書房）追憶兄長生前種種並闡述自己對賢治作品的理解。

思想

妙法蓮華經

妙法蓮華経（みょうほうれんげきょう）

釋迦牟尼佛晚年的說法，兼具宗教性、哲理性、實踐性、文學性，是佛教的重要經典，素有諸經之王之稱，宣說究竟圓滿的佛境及法界實相。

賢治深受《法華經》〈如來壽量品第十六〉的感動與影響。在〈如來壽量品第十六〉中，世尊揭示自己並非今世才成佛，而是久遠以前即已成佛，之間皆為方便示現，說明佛的壽命、教化、慈悲、救濟之無量與不滅。

另外「眾生見劫盡　大火所燒時　我此土安穩　天人常充滿」這幾句也是賢治深受影響的部分，其意為：由眾生看來，娑婆世界是充滿苦的現實世界，但是由佛看來，卻是天人常充滿的淨土。此種「現世就是安樂淨土」的說法，使賢治從《法華經》得見「將現世轉化為淨土」的希望與實踐方法，得到重大的關鍵性的思想啟發。

法華經思想可以說是賢治十八歲之後最主要的宗教思想以及日後積極行動之所本，更底流於文學作品深層。然而其文學創作的重要動機之一雖是為了創作法華文學，但他自我警惕，寫作不可用以宣教，而是純真地呈現法喜，且其奔放不羈的想像，精緻獨特的視角，浩瀚華麗的鋪陳，使其作品成為不限縮於宗教思想的宣揚範疇，而是開放給讀者，喚起讀者豐饒多樣的心緒與解讀的文本。

四次元

四次元（よじげん）

或稱第四次元，或第四次延長，是賢治最重要最核心的宇宙觀與思想基礎，同時也展現在文學作品上。在以「縱、橫、高」來測度立體空間的三次元，再加上「時間」即成四次元。由於一九二二年愛因斯坦訪日，引起人們對於新的時空觀的興趣，當時日本出版諸多相關介紹著作。那時四次元除了是一種科學知識，也與「從三次元空間解放，超越時空，過去與未來，往返於此生彼生之間」這樣的超能力幻想有關。

一般認為賢治的四次元與愛因斯坦的相對論、閔可夫斯基時空（Minkowski space）、勞侖茲變換（Lorentz transformation）、片山化夫著《化學本論》（日本早期經典的「物理化學」教科書，賢治常置案頭，受到很大啟發與影響）、生物學的進化論，甚至與佛教思想以及神祕主義世界觀等都有關連。

而賢治的文學作品中的空間意識是以時間為軸，靈活地互相融合變動生成。例如《春天與修羅》的〈序〉裡有一句「從我感知為過去的方向」，在四次元的世界裡，「過去」並沒有消失，而是存在於肉眼看不見的「方向」。

修羅（しゅら）

佛教所謂六道輪迴（天、人、修羅、畜生、餓鬼、地獄）中的修羅道。

賢治終生信奉的《漢和對照妙法蓮華經》之中對「修羅」的注釋是「譯為非天，非類，不端正……喜好鬥爭，是常與諸天戰鬥的惡神。」佛教裡的修羅常懷妄執，嗔恨，易怒好鬥。而賢治作品中的修羅可以說是，自認醜陋的真實自我與美好的「まこと」（詳見下一個項目）之間的差距或矛盾所產生的深刻挫折與苦惱的象徵。

真如

まこと／真(まこと)／誠(まこと)

前述「修羅」所追求的終極境界。

賢治作品中並未使用「真如」，但因若將「まこと」譯為「真」，會與「假」的相反詞混淆，若譯為「誠」則與「偽」的相反詞混淆。而賢治所指的「まこと」並非僅僅是「假」或「偽」的相反詞。

「まこと」的字源與日本古代文化所意味的「真實且純粹」，以及佛教的「真實不虛的真言」有關。賢治作品中所意味的「まこと」可說是佛法的真實本質，故借用佛教用語「真如」譯之。

作品相關

心象素描

心象（しんしょう）スケッチ

「心象」與「素描」這兩個詞彙在字典上有各自的解釋說明，但是複合名詞「心象素描」則是賢治自創。他生前出版的《春天與修羅》和《多所要求的餐廳》皆以「心象素描」定位之。

最直接的定義可由以下兩封信得知。

賢治在一九二四年出版《春天與修羅》的翌年一九二五年二月寫給作家朋友森佐一的信中提到《春天與修羅》的心象素描，他寫道：「這些終究不是詩。只不過是為了準備我今後想完成的某種心理學的工作，而在無法完全專注於正統學習的期間，只要情況允許，一有機會就在各種條件之下先記錄下來的，一些粗硬的心象素描。我在那本輕率莽撞的《春天與修羅》主張該序文的思考，企圖完全改變歷史與宗教的定位，發表以那種思想做為基本骨幹的生活，癡傻地希望有人看一看……出版者為了門面好看，在書背寫上詩集二字。但這使我感到惶恐不安，而且覺得羞愧，所以我就用青銅粉塗銷那兩個字，被塗銷那兩個字的書有很多本。」

同年十二月在寫給岩波茂雄的信中寫道：

「……從六七年前開始，我就對於歷史及其資料，以及我們所感受到的其他空間等方面感到詭異得不得了。我並未學習那方面，而且往往分心於風或稻子等等，所以我就把那些心情如實地科學地先記載下來，做為之後要學習時的準備……尾山先生把我出版的書稱做詩集，但所謂詩，我並不是不懂，只是對於這些嚴密地依照事實記錄下來的東西和以前那些拼拼湊湊的東西被混為一談感到不滿。」

從這兩封信可以了解三件事：

1. 賢治為何抗拒詩集二字，

2. 賢治對於心象素描謙虛與自負的兩樣心情，

3. 賢治本身對於《春天與修羅》的獨特性與格局擁有相當的自覺。

從「對於……我們所感受到的其他空間等方面感到詭異得不

得了」還可以推測「心象」是否也含有「神祕的幻象」之意。而「素描」其字面雖然予人一種「只是利用空檔先行紀錄下來的素材與發想的初步構圖，不是完成圖」之感，但賢治在寫完甚至出版以後仍再三不斷修改，認為「永久的未完成這就是完成」。

《春天與修羅》 《春と修羅》

一九二四年自費出版的詩集（正確說法是心象素描，稱為詩集是顧及一般認知），是生前出版的唯一一本詩集。印一千本，關根書店刊行，定價二円四十錢。

附帶一提，目前尚存的出版本若是保存狀態良好的，在古書界價值百萬日幣以上。

在出版《春天與修羅》之後繼續寫《春天與修羅》第二集和第三集，但都沒有出版。

《多所要求的餐廳》 《注文の多い料理店》

一九二四年出版的伊哈托布童話集，是生前出版的唯一一本童話集。印一千本，東京光原社出版，定價一円六十錢。

宮澤賢治年譜

本年譜是由譯者參照數本傳記編寫而成，其間融入關鍵性的小軼事，希望讓讀者對賢治更有親近感。與文學創作相關處以粗體字顯示。

年分	年齡	事件

幼年時期

年分	年齡	事件
一八九六年（明治二十九年）	〇歲	長男。八月二十七日出生於岩手縣花巻市豐沢町。宮澤家經營當鋪商、舊衣店，為地方望族，父母皆為虔誠佛教徒。當年有三陸大海嘯、陸奥大地震。
一八九八年（明治三十一年）	二歲	大妹敏子（宮沢トシ）出生。
一九〇一年（明治三十四年）	五歲	二妹甌希葛子（宮沢シゲ）出生。

一九〇二年（明治三十五年）　六歲

東北地方冷夏，導致農作歉收。

一九〇三年（明治三十六年）　七歲

花卷川口町立花卷川口尋常高等小學校入學。

一九〇四年（明治三十七年）　八歲

弟弟宮澤清六出生。

當年暑假有兩位小學生溺水，眾人徹夜尋找打撈，**這事件印在賢治腦海，成為日後創作的素材**。

一九〇五年（明治三十八年）　九歲

賢治小學三年級導師八木英三老師，**常講童話故事給學生聽。後來賢治對恩師說自己的思想根基來自老師當年說的童話故事**。

一九〇六年（明治三十九年）　十歲

熱中於採集礦物和製作昆蟲標本。

一九〇七年（明治四十年）　十一歲

三妹宮沢クニ出生。更加熱中於採集礦物，開始被家人暱稱為「石頭阿賢」。

一九〇八年（明治四十一年）　十二歲

從少年時期開始與賢治父親所尊敬的虔誠基督徒斎藤宗次郎有來往。

盛岡中學校時期

一九〇九年（明治四十二年）　十三歲

岩手縣立盛岡中學校（現今盛岡第一高等學校）入學。在學成績中等，國語和作文較優。

一九一四年（大正三年） 十八歲

三月盛岡中學校畢業。父親認為未來繼承家業經商不用繼續升學，但賢治的意願是升學。在獲得升學許可之後，發憤努力讀書。

九月閱讀父親友人所贈島地大等編《漢和對照妙法蓮華經》，受到莫大感動，據說讀到〈如來壽量品第十六〉時感動到全身顫抖。

盛岡高等農林學校時期

一九一五年（大正四年） 十九歲

以第一名入學考成績進入盛岡高等農林學校（現今岩手大學農學部）就讀。

入學口試時對於教授詢問為何希望就讀的提問，答以：「日本的人口越來越多，米糧會缺乏，所以想要學習如何生產很多好米，讓國民的生活安定。」

入學後比中學時代用功許多，學業成績優異，**且開始頻繁寫詩歌與日記**。

假日常常爬山採集礦物。

一九一七年（大正六年） 二十一歲

與三位同學創辦文藝同人誌「azalea」，賢治主要投稿詩歌。

一九一八年（大正七年）　二十二歲　三月畢業，四月以研究生身分留校繼續做研究與調查。**八月開始寫童話，也朗誦給家人聽**。十二月接獲妹妹在東京住院消息，陪同母親前往照顧。開始吃素。

一九一九年（大正八年）　二十三歲　向父親表達想留在東京製造販賣人造寶石的意願，但未獲許可。

一九二〇年（大正九年）　二十四歲　三月陪同妹妹敏子返回花卷。三月盛岡高等農林學校研究生修了。

教師時代

一九二一年（大正十年）　二十五歲　一月前往位於東京的日蓮宗教團體國柱會，**受到國柱會理事高知尾智耀的鼓勵，開始積極創作。據說在這期間，一個月寫三千張稿紙的童話**。

父親若寄來支票一概退回。

八月接獲敏子吐血的消息，拎著裝滿文學創作原稿的大皮箱緊急返鄉。

十二月成為稗貫郡立稗貫農學校（其後更名為花卷農學校）的教師，教授代數、農產製造、作物、化學、英語、土壤、肥料等科目。

開始對音樂產生熱愛。

一九二二年（大正十一年）　二十六歲

一月收到生前唯一稿費五円（**刊載在《愛國婦人》的〈渡雪〉**）。

開始學習德文與世界語。

十一月二十七日晚上敏子病逝，帶給賢治極大衝擊。敏子去世那段時間，賢治曾興起出家的念頭。

一九二三年（大正十二年）　二十七歲

一月拎著裝滿文學創作原稿的大皮箱到東京找弟弟清六，請弟弟幫他拿去給東京社的《婦人畫報》和月刊繪本《兒童之國》編輯部看，但未獲採用。

一九二四年（大正十三年）　二十八歲

四月二十日自費出版心象素描《春天與修羅》。

十二月出版伊哈托布童話《多所要求的餐廳》。

一九二六年（大正十五年）　三十歲

三月由花卷農學校離職，四月搬到下根子別墅獨居。

賢治家改為經營五金行。

八月，詩人草野心平在《詩神》八月號發表文章讚賞賢治道：「如果現在日本的詩壇有天才的話，我想說那位榮譽的天才就是宮澤賢治。就算將他和世界一流詩人並排，他絕對一樣發出異常的光芒。他的存在帶給我力量。」

羅須地人協會時代

一九二六年（大正十五年）　三十歲　八月創立羅須地人協會。
十二月到東京學習大提琴以及世界語約一個月。

一九二七年（昭和二年）　三十一歲　一月羅須地人協會開始正式授課。
寫了《春天與修羅》第二集的序，準備出版，但沒有出版。

一九二八年（昭和三年）　三十二歲　由於過勞與營養不足身體漸漸衰弱。
八月因病返家療養。

居家療養時期

一九二八年（昭和三年）　三十二歲　居家療養。

一九二九年（昭和四年）　三十三歲　九月漸漸恢復健康，**開始創作文語詩直至離世**。

一九三〇年（昭和五年）　三十四歲　二月詩人草野心平在《文藝月刊》大力推薦讚揚《春天與修羅》。

東北碎石工場技師時期

一九三一年（昭和六年）　三十五歲　二月成為東北碎石工場技師，負責宣傳販賣用於製作石灰肥料與改良酸性土壤的石灰。認為這個工作對農民有益，所以賣命地四處奔走推銷。

九月在出差地東京發高燒病倒，並寫下遺書。二十八日返回花卷療養。

晚年

一九三一年（昭和六年）　三十五歲　**十一月三日在手札上寫下〈不輸給雨〉**。

一九三二年（昭和七年）　三十六歲　晚春由於壞血病，下顎第一臼齒側齒齦潰瘍，出血不止。

一九三三年（昭和八年）　三十七歲　九月二十日急性肺炎，但有上門請教肥料設計的農民來訪，端坐應答約一小時。當晚委託弟弟宮澤清六出版所寫作品。

九月二十一日上午十一點三十分突然高聲唱誦「南無妙法蓮華經」，病情遽變，吐血，遺言委託父親印製妙法蓮華經一千本分送親友。下午一點三十分往生。

主要參考書籍

日文

1、伊藤信吉等編《日本の詩歌 18 宮沢賢治》中央公論社，一九八四年五月。
2、伊藤信吉解説，飛高隆夫、恩田逸夫注釈《日本近代文学大系第三十六　高村光太郎 宮沢賢治集》角川書店，一九九二年七月。
3、山内修《年表作家読本　宮沢賢治》河出書房新社，一九九六年三月。
4、関登久也《宮沢賢治物語》学習研究社，一九九六年五月。
5、堀尾青史《年譜　宮沢賢治伝》中央公論社，一九九六年十一月。
6、原子朗《新宮沢賢治語彙辞典》東京書籍，一九九九年七月。
7、天沢退二郎編《新編宮沢賢治詩集》新潮社，二〇〇六年二月。
8、渡部芳紀編《宮沢賢治大事典》勉誠出版，二〇〇七年八月。
9、天沢退二郎、金子務、鈴木貞美編《宮沢賢治イーハトヴ学事典》弘文堂，二〇一〇年十二月。

10、天沢退二郎編《新裝版　宮沢賢治ハンドブック》新書館，二〇一四年七月。

英文

1、*A Future of Ice: Poems and Stories of a Japanese Buddhist*, by Miyazawa Kenji (Author), Hiroaki Sato (Translator) North Point Press (1989)

2、*Miyazawa Kenji: Selections*,by Kenji Miyazawa (Author), Hiroaki Sato (Editor, Introduction),University of California Press (2007)

3、*Strong in the Rain: Selected Poems*, by Miyazawa Kenji (Author), Roger Pulvers (Translator),Bloodaxe Books Ltd (2007)

國家圖書館出版品預行編目資料

不要輸給風雨：宮澤賢治詩集 / 宮澤賢治著；
顧錦芬譯 . -- 二版 . -- 臺北市：商周，城邦文化事業
股份有限公司：英屬蓋曼群島商家庭傳媒股份有限
公司城邦分公司發行，2024.11
面； 公分

ISBN 978-626-390-299-2（平裝）

861.51 113014459

不要輸給風雨：宮澤賢治詩集

作　　者／宮澤賢治（宮沢賢治）
編　　譯／顧錦芬
企畫選書／林宏濤、夏君佩
責任編輯／夏君佩、陳薇

版　　權／吳亭儀、游晨瑋
行銷業務／林詩富、周丹蘋
總 編 輯／楊如玉
總 經 理／彭之琬
事業群總經理／黃淑貞
發 行 人／何飛鵬
法律顧問／元禾法律事務所　王子文律師
出　　版／商周出版
城邦文化事業股份有限公司
台北市南港區昆陽街 16 號 4 樓
電話：(02) 2500-7008　傳真：(02) 2500-7759
E-mail：bwp.service@cite.com.tw
發　　行／英屬蓋曼群島商家庭傳媒股份有限公司城邦分公司
台北市南港區昆陽街 16 號 8 樓
書虫客服服務專線：02-25007718・02-25007719
24 小時傳真服務：02-25001990・02-25001991
服務時間：週一至週五 09:30-12:00・13:30-17:00
郵撥帳號：19863813　戶名：書虫股份有限公司
讀者服務信箱 E-mail：service@readingclub.com.tw
歡迎光臨城邦讀書花園　網址：www.cite.com.tw
香港發行所／城邦（香港）出版集團有限公司
香港九龍土瓜灣土瓜灣道 86 號順聯工業大廈 6 樓 A 室
Email：hkcite@biznetvigator.com
電話：(852) 25086231　傳真：(852) 25789337
馬新發行所／城邦（馬新）出版集團 Cite (M) Sdn. Bhd.
41, Jalan Radin Anum, Bandar Baru Sri Petaling, 57000 Kuala Lumpur, Malaysia
電話：(603) 90563833　傳真：(603) 90576622
E-mail：services@cite.my

封面設計／廖韡
印　　刷／韋懋實業有限公司
經 銷 商／聯合發行股份有限公司
電話：(02)2917-8022　傳真：(02)2911-0053
地址：新北市 231 新店區寶橋路 235 巷 6 弄 6 號 2 樓

■ 2015 年 12 月 3 日初版
■ 2024 年 11 月 5 日二版 1 刷

Printed in Taiwan

城邦讀書花園
www.cite.com.tw

定價／ 420 元

ISBN 978-626-390-299-2（平裝）
ISBN 978-626-390-301-2（EPUB）